JN182241

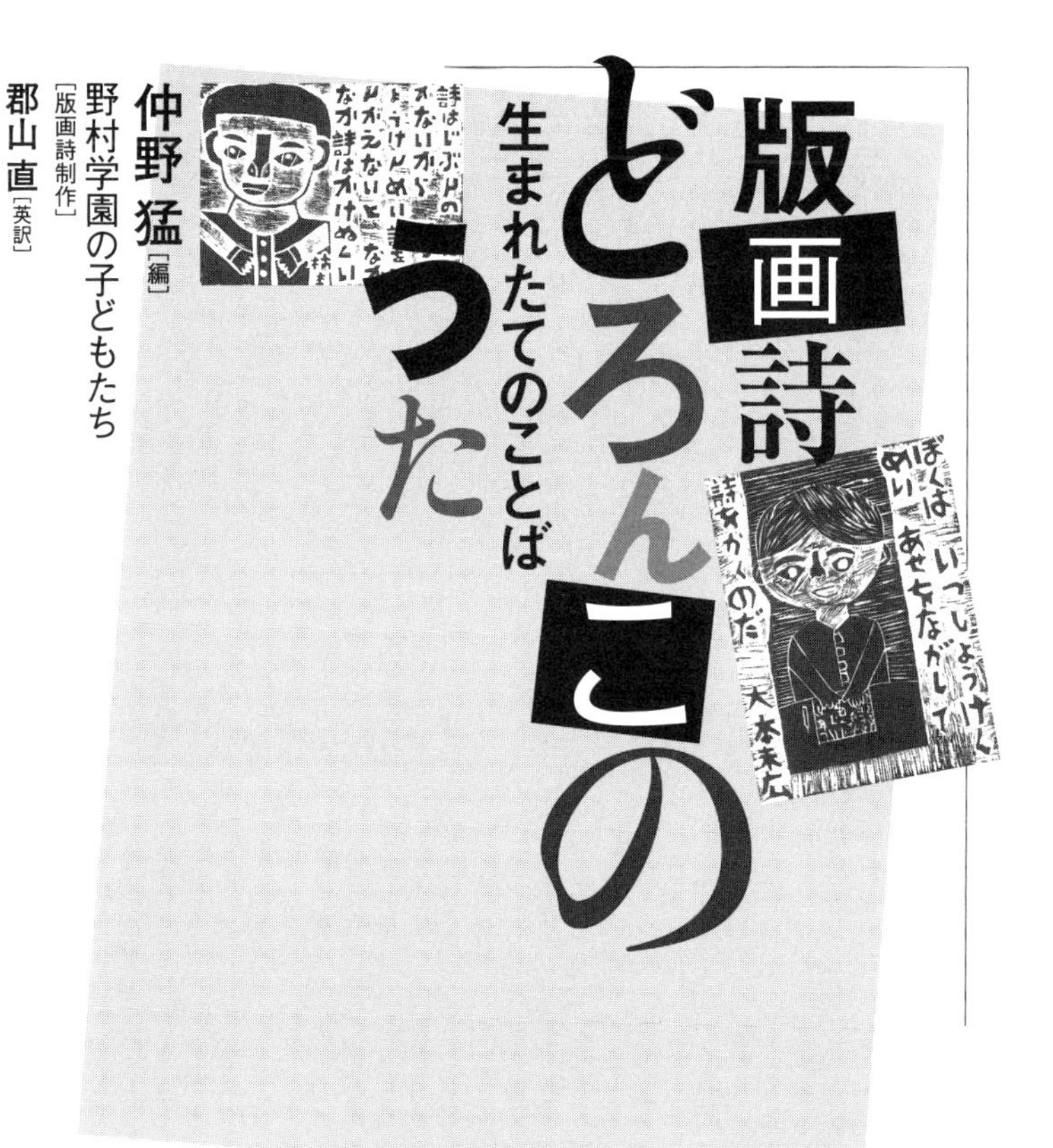

版画詩 どろんこのうた

生まれたてのことば

仲野 猛［編］
野村学園の子どもたち［版画詩制作］
郡山 直［英訳］

合同出版

年齢はすべて版画制作当時のものです。

「感性」最高 あの子たちの詩

池辺晋一郎

　愛媛県の南西部、宇和島市に近い山間部に、かつて東宇和郡野村町があった。現在は西予市の一部になっている。そこに、今年創立50周年を迎えた西予市野城総合福祉協会障害児入所施設「野村学園」がある。この学園と僕が関わりを持ったのは1982年であった。きっかけは、地元松山の民放・南海放送からの児童合唱作品委嘱だ。はじめ、提示されたいくつかのプランに乗れず困惑。その時担当者が「こんなものも」と見せてくれたのが、野村学園の子どもたちの詩集だった（「どろんこのうた」合同出版）。

　言葉を失うほどすばらしい詩が並んでいた。「ひとつひとつが短いので、合唱曲には不向きと思った」と担当者は言ったが、「同類のテーマによる詩を集めればできる」と僕は主張。たとえば学園での粘土工作に関わる詩で1曲、雲を扱った詩で1曲という具合。方言（伊予弁）が頻出するのもほほえましく、味わいがある。作曲のための構成は、僕の役割だ。

　僕は31篇（へん）の詩を選び、6曲から成る児童合唱組曲を書いた（カワイ出版刊、CD・カメラータ、RCA）。のみならず、作曲前も、そして後も、僕は何度かこの学園を訪問し、寮生活をしている子どもたちと一緒に粘土をこね、そこに詩を書き、相撲をとった。詩の指導をする仲野猛先生とも親しくなった。

ねんどと　ねんどが
あくしゅを　しました
ぼくのてと　せんせいのての
ねんどのてぶくろが
あくしゅを　しました

（兵頭明）

きょう　ぼくが
そらを　みよったら
うえの　かみさまが
わたがしを　つくって
なげていました

（井上繁利）

せんせい、
この木のねっこが
のどがかわいて
みずがほしい　いよるで

（楠繁雄）

おうちと　がくえんと
ながいかくれんぼです
（中略）
お母さんたちは
みんなを　さがしています
春休みや
夏休みや
冬休みに
みつかります
（後略）

（二宮早百合）

これらの詩の作者を知的障害児などと、呼べるわけがない。心のなかに生まれた言葉が、何ものにも介在されずに、そのまま外へ飛び出している。僕は「感性指数」という言葉を思いついた。この指数に関して、この子たちは考え得る限り最高の数値を示している。10年ほど経って「EQ（心の知能指数）」という言葉がアメリカから入ってきたが、その言葉より前に、この子たちの詩が存在していた。

さらに僕は「善玉ダブルスタンダード」という用語を思いつくに至った。人を知能指数だけで測るのはおかしい。角度を変え、感性指数という視座から測れば、全く異なる結果が顕れる。これはすべてのことに敷衍できるのではないか。たとえば先般この欄にも書いた作曲する少年、夭折した加藤旭君の作品は、現代音楽の作曲コンクールなどで評価されるというものではない。しかし別な角度で見れば、その新鮮な感覚は特筆すべきだし、まさに優れた作品と言わねばならない。調子よく視座を変えるダブルスタンダードが「悪玉」だとすれば、これは「善玉」だろう。

仲野先生とは、今も時々会う。先生は、今もあの子どもたちの詩に感化されつづけており、地元の新聞などにしばしばの寄稿を重ねている。この秋松山で、50周年を記念した「どろんこのうた」版画詩展もある。僕は、生きる上で大きな示唆をもらったあの子たちに、あらためて思いを馳せている。

（いけべ・しんいちろう　作曲家）

＊２０１６年７月16日　読売新聞「耳の渚」より転載。

愛の木

水尾宏和（14歳）

長い木
空までとどく
愛の木

A Tree of Love

A tall tree
That reaches heaven,
A tree of love.

Hirokazu Mizuo（14）

力といのち

水尾宏和（14歳）

ぼくは　力といのちを
もやすんだ

My Force and Life

I will let my force and life burn.

Hirokazu Mizuo（14）

山の上の二本の木

水尾宏和（14歳）

山の上の二本の木は
一本は
丸田がたねをまいた木
も一つは
ぼくがまいた木
二つあわせて恋の木

Two Trees on the Mountain

Of the two trees,
one tree's seed was sowed by Maruta,
and the other tree's seed
was sowed by me.
Together they are the trees of love.

Hirokazu Mizuo (14)

マラソン先生

楠 繁雄（11歳）

マラソン先生のいきが
きこえる

Mr. Jogging

I can hear
Mr. Jogging's breathing.

Shigeo Kusunoki (11)

ろ

みかん

楠 繁雄（10歳）

ちいさいみかんは
みかんのこども
ぼくは
にんげんのこども

Orange

A tiny orange
Is a baby orange.
I am
A human baby.

Shigeo Kusunoki (10)

おぼんの花火

楠 繁雄（17歳）

かわの　むこうから
しかけ花火が　あがった
ものすごい　おとなので
ぼくは　みみをつぶしました

ゆめの中でも
おぼんの花火が
あがっていました

Fireworks of the *Bon* Festival

From the other side of the river
set fireworks went up.
The sound was so tremendous
I covered my ears.

Even in my dream
fireworks of the *Bon* Festival
went up.

Shigeo Kusunoki（17）

せみとり

楠 繁雄（12歳）

ばたばたせみか
せいこうでやんす

おい　ただいま
とってきたぞい

Cicada Catching

The cicada struggling in the net,
I've got it.

Hey, I'm home
with the cicada.

Shigeo Kusunoki（12）

たかいやま

楠 繁雄（11歳）

なかのせんせい
きさいや　ここに
たかいやま

A Tall Mountain

"Mr. Nakano,
Please, come here,
You, tall mountain!"

Shigeo Kusunoki（11）

あんまきさん

楠 繁雄（11歳）

びんぼうにんの
あんまきさんよ
これは

Mr. Massage Machine

You are
Mr. Massage Machine
For a poor person.

(Note: The student is speaking to his teacher, considering him as a massage machine which is massaging his back by putting him on its back, free of charge.)

Shigeo Kusunoki（11）

楠

楠 繁雄（17歳）

楠　人間は作れる
楠　木は作られる

Kusunoki

Kusunoki, the human, makes things.
Kusunoki, the tree, is that which things are made of.

Shigeo Kusunoki（17）

彫る

楠 繁雄（17歳）

彫らい
やまいも
板の山でな

To Carve

I will carve
A yam
In the mountain of a board, you know."

Shigeo Kusunoki (17)

おもいで

木村孝夫（13歳）

ひでみとぼくは
おもいで

Memories

Hidemi and I
Are memories.

Takao Kimura (13)

からす

木村孝夫（17歳）

風がふいているので
雪がふっているので
烏が一わ　木の中へ
はいっていきました

A Crow

A wind is blowing.
Snow is falling,
And a crow has gone
Into the woods.

Takao Kimura (17)

夕やけ

宇都宮久男（17歳）

むこうの　やまから
夕やけが　でてきて
ぼくは
とっても　夕やけが
きれいなと
おもいます

A Red Sunset

From the other side of the mountain
A red sunset comes out,
And
I think
The sunset is
Very beautiful.

Hisao Utsunomiya (17)

なかのおやぶん

宇都宮久男（13歳）

なかのおやぶん
おらんと
ねんどできないな
なかのおやぶん
おったら
ねんどできますね
きょうは
なかのおやぶん
おやすみです
なかのおやぶん
ねんどしようね
また　あした

Boss Nakano

If Boss Nakano isn't here,
I can't make a good figure in clay.
If Boss Nakano is here,
I can make good figures in clay.
Today
Boss Nakano is absent.
"Let's make figures in clay
Again tomorrow, Boss Nakano,
Shall we?"

Hisao Utsunomiya（13）

春

宇都宮久男（14歳）

きょうは　がくえんのしたのくさのなかに
つくしが　いっぱい　でていました
ぼくは　つくしを　みつけました
きょうは　春がきました
春はつくしが
でるんだね
花さくんだね
ねこやなぎも
めを　ひらくんだね

Spring

I saw many field horsetails
In the grass below our school.
I found them.
Spring arrived here today.
In spring
Field horsetails come out.
Many flowers come out.
Pussy willows too begin to bud.

Hisao Utsunomiya（14）

山

宇都宮久男（22歳）

ぼくは山が好きです
ほんとうに山が大好きなんです
ぼくは山にあこがれてるんです
山にあこがれているから
好きなんですよ
どうしても山にあこがれたんですのよ
山が広いから　好きだから
あこがれたんですね
山が広いけん　あこがれてるから
あいしたのよ
山がこいびとです

Mountains

I like mountains.
I really like the mountains very much.
I admire mountains.
Since I admire them,
I like them.
I can't help admiring them, you know.
Mountains are big, and I like them,
And so, I admire them.
Since mountains are big and I admire them,
I love them,
Mountains are my sweethearts.

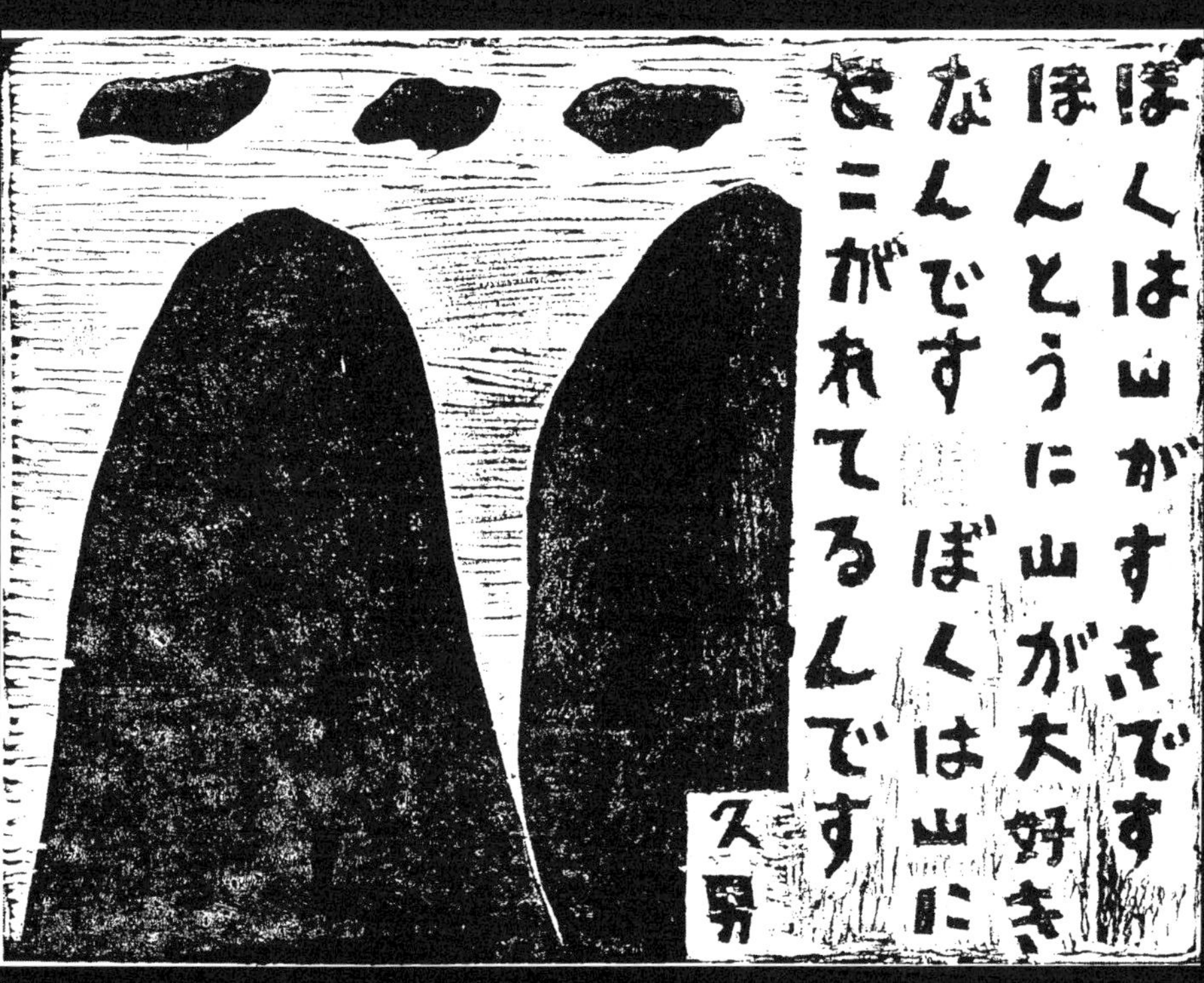

Hisao Utsunomiya (22)

ほたる

宇都宮久男（22歳）

歯みがきをしよったら
かきの木の下で
ほたるが
ピカピカとひかって　とんでいました
ほたるは
あっちへ　いったり
こっちへ　きたりしていました
歯みがきがおわると
ほたるは　ピカピカとひかって
どこかへ　きえていました
ほたるは　ピカピカとひかっているので
とんでいるところが　きれいですね
ほたるが　いっぱい　とんでいたら
きれいでしょうね

A Firefly

When I was brushing my teeth.
a firefly was flying,
glistening
under the persimmon tree.
It was flying
back and forth.
When I finished brushing my teeth,
it glistened
and then it was gone somewhere.
A firefly looks pretty,
as it flies glistening.
When lots of fireflies fly,
they must look even prettier.

Hisao Utsunomiya（22）

青春

宇都宮久男（20歳）

ぼくの青春は
なかなかいい青春だよ
ぼくの青春は
詩をかく青春ですのよ
青春は
あしたがあるさ
あさってもあるさ

Youth

My youth is
really good youth.
My youth is
the time when I can write poems.
In my youth
there is always tomorrow
and the day after tomorrow too.

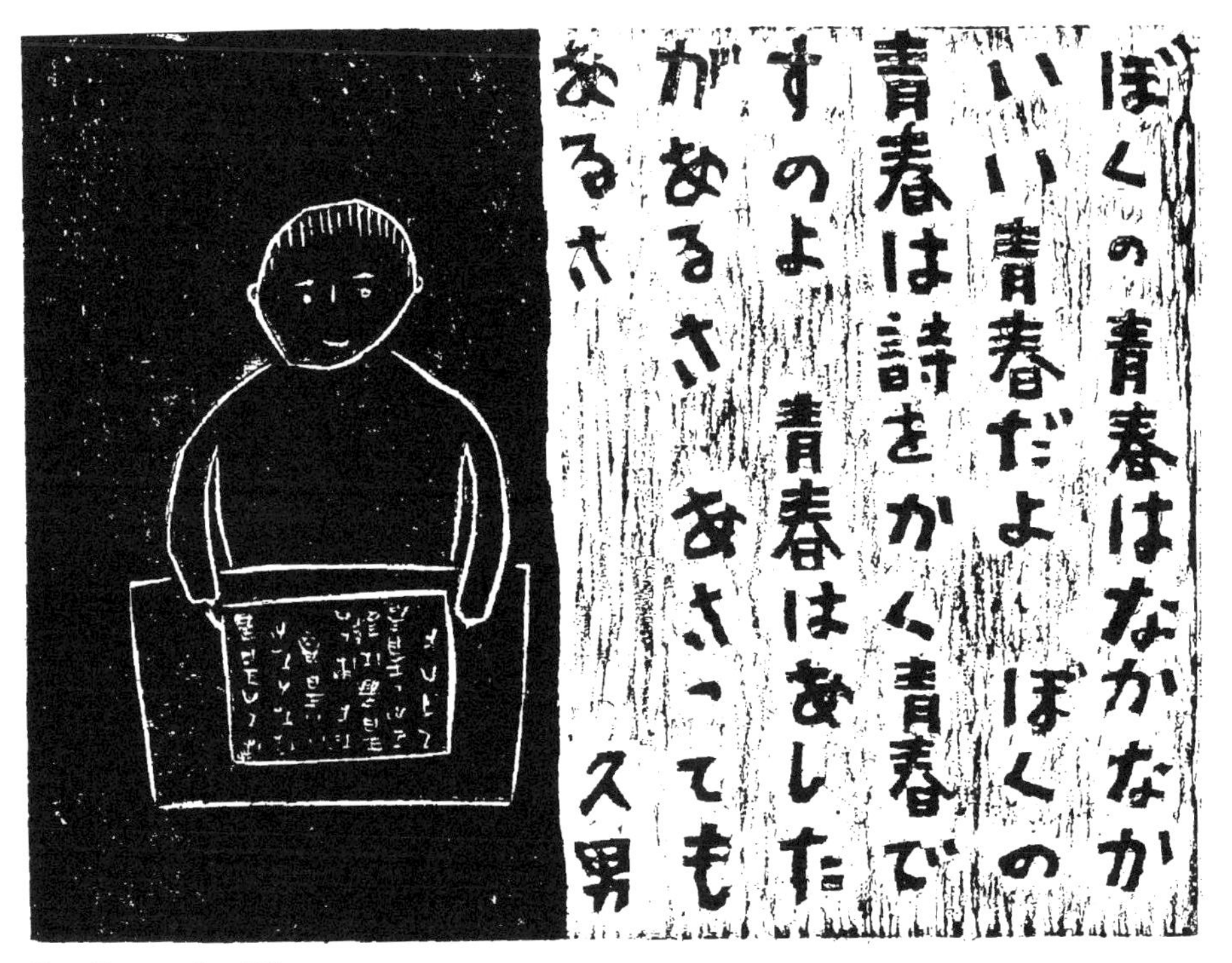
ぼくの青春はなかなか
いい青春だよ　ぼくの
青春は詩をかく青春で
すのよ　青春はあした
があるさ　あきっても
あるさ
久男

Hisao Utsunomiya（20）

う

学園の夜

西川真人（15歳）

ぼくが詩をかいていたら
おばけやしきみたいな　ところから
もーという　うしの声が
きこえてきました。
がくえんの夜は
しずかなです。

Night in Our Dormitory

As I was writing a poem,
I heard a cow's mooing
Coming from a place
Like a haunted house.

At night
It is so quiet
In our dormitory.

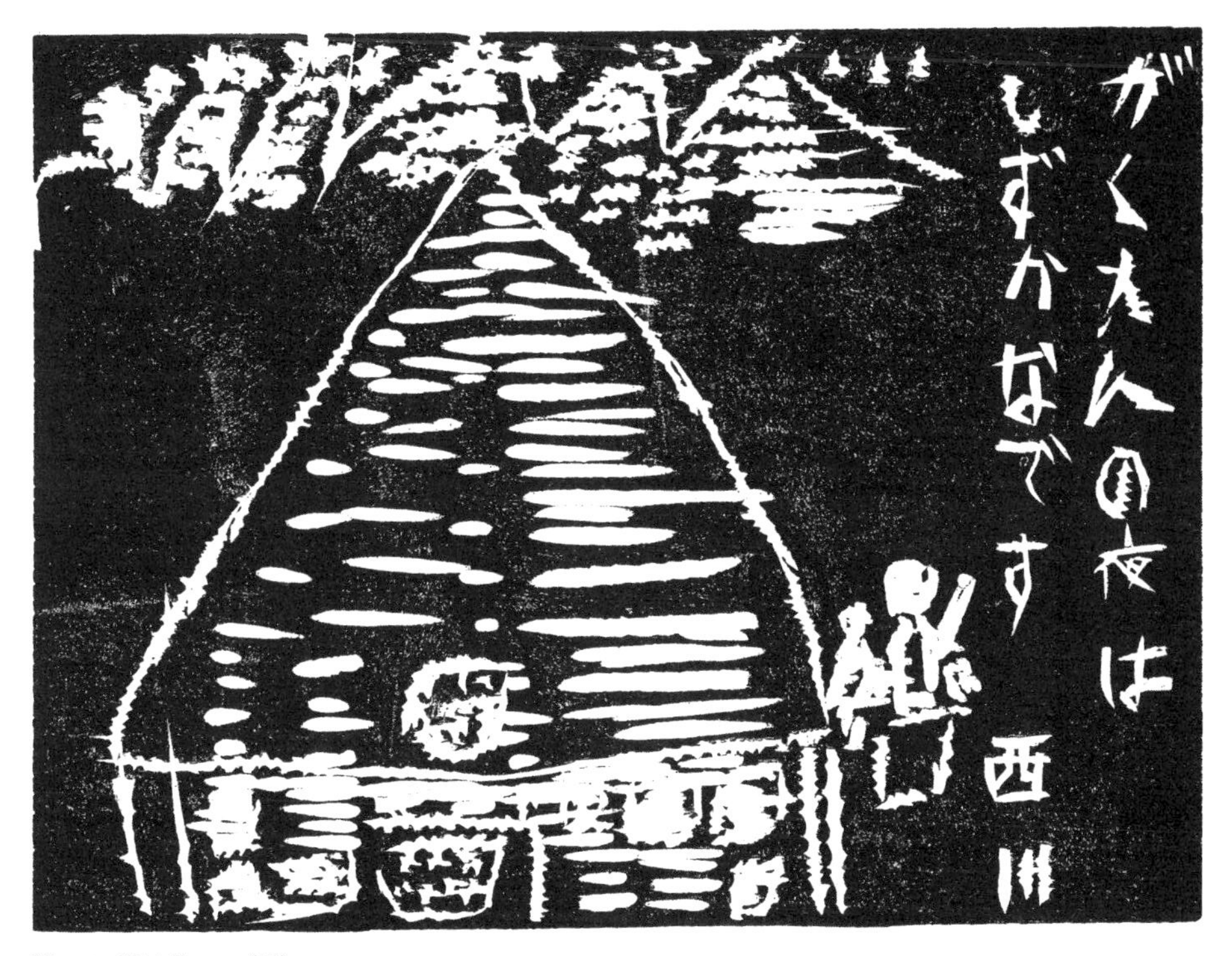

Masato Nishikawa（15）

ひとり

西川真人（15歳）

ぼくに　おにいさんかおねえさんが
おったらいいな　と思っています。
ぼくは　おねえさんが　おったら
べんきょうを　おしえてもらうのに
と思いました。
ぼくは　どして
ひとりに　うまれたのだろう。
おにいさんかおねえさんが　いたら
いっしょに　あそんでもらうのにな
といつも思っていました。
ひとりは　さみしくて
なんのやくにもたちません。

もしかして　ぼくに
弟かおねえさんが　いたら
ぼくは　きっと　たのしいだろう
と思いました。
どうして　ぼくは
ひとりに　うまれたのかな
あたりが　まっくらになった。
おねえさんかおにいさんが　いたら
あたりは　もっと　明るくなるだろう
と思った。
ぼくは　おにいさんと　おねえさんと
三人で
おまつりで　まちを　あるいたら
ぼくのまわりは
もっとだいぶ　あかるくなるだろう。

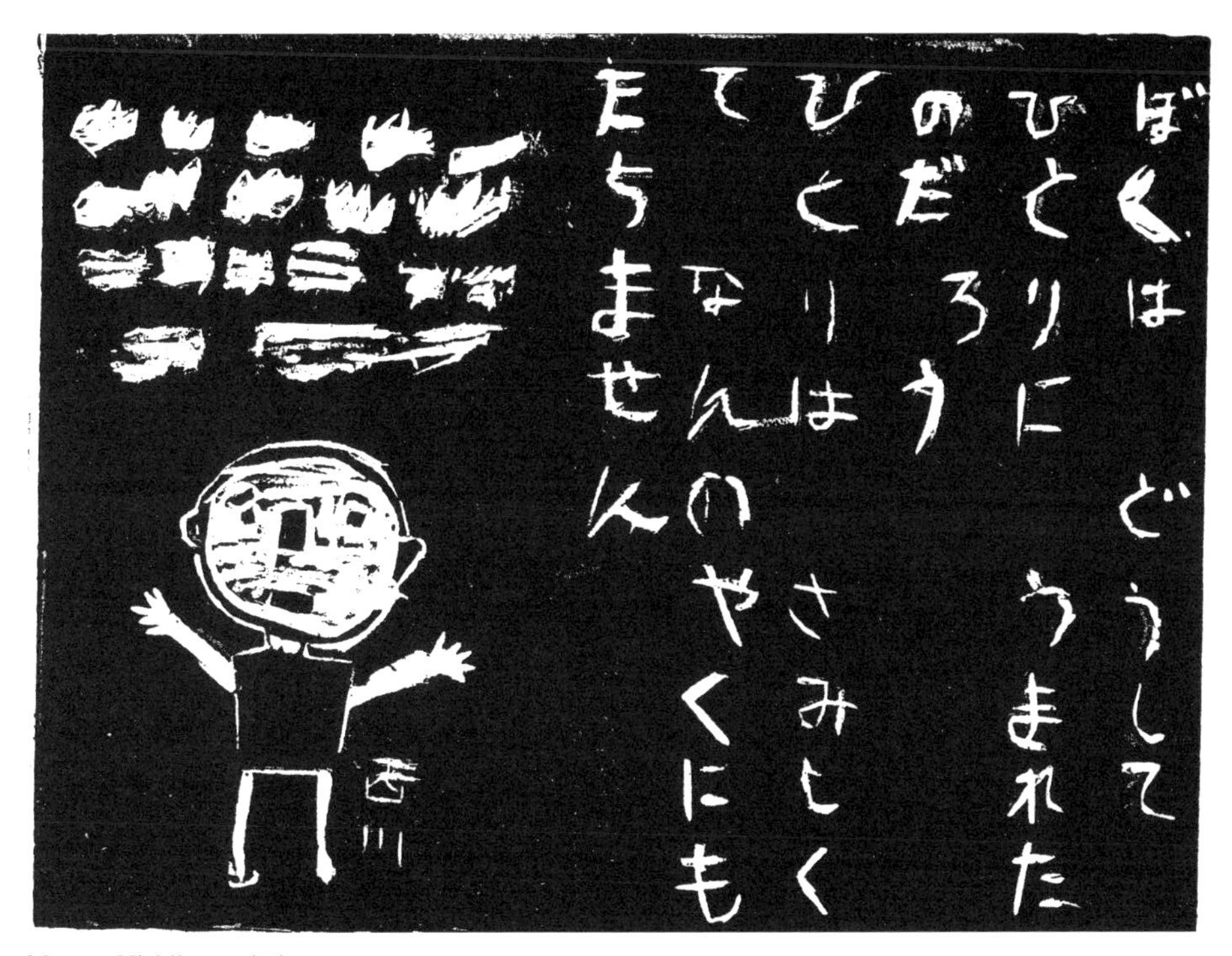

Masato Nishikawa（15）

Alone

Why was I born alone?
I wonder.
Alone, I feel lonesome
and good for nothing.

山にきたら

井上繁利（31歳）

おお　山につきました
きもちいいわい
山にきたら

MOUNTAIN

Oh, we have arrived at the mountain.
I feel great
in the mountain.

Shigetoshi Inoue (31)

雲

井上繁利（13歳）

きょう　ぼくが
そらを　みよったら
うえの　かみさまが
わたがしを　つくって
なげていました

The Cloud

When I was looking up
Into the sky today
God high above
Was making cotton candy
And throwing it down

Shigetoshi Inoue (13)

山

井上繁利（16歳）

山は愛です
うぐいすが
こいびとを　さがして
なかよく　とんでいくけん
愛です

Mountain

The mountain is love.
Because
A bush warbler finds his sweetheart there
And flies happily,
The mountain is love.

Shigetoshi Inoue (16)

すみれ

井上繁利（16歳）

さぎょうの　やすみのとき
ぼくが　すみれをふまずにあるいて
すみれをとって
丸田さんにプレゼントしました。
丸田さんはすみれです。

Violets

During the recess in working hours,
I walked forward
to pluck violets,
trying not to step on them.
I presented Maruta with a bunch of violets.
Maruta is a violet.

Shigetoshi Inoue（16）

ろ

花を摘んで人に

詩　丸岡リカ（7歳）
版画　井上繁利（31歳）

はい
はな

Picking Up Flowers for Someone

Here,
Some flowers for you.

Poem by Rika Maruoka (7)
Print by Shigetoshi Inoue (31)

山はしずかなです

井上繁利（23歳）

山はしずかなです
花もしずかです
だけど
人間だけはうるさいです

Mountains Are Quiet

Mountains are quiet.
Flowers are quiet too.
But human beings are
Noisy.

Shigetoshi Inoue (23)

ねんどのいた

井上繁利（21歳）

はりがねが
えんぴつで
ねんどの　いたが
詩をかくノートです
そして
手がけしゴムで
詩がいたにかけるわけです

The Clay Tablet

A piece of wire
is a pencil,
while a clay tablet
is notepaper to write a poem on.
And
my hand is an eraser,
so a poem is written on the tablet.

Shigetoshi Inoue（21）

さとうくん

井上繁利（26歳）

かまどのねきで
さとう君が
ひのこをみて
ありんこいっぱい
と　いいました
さとう君も詩人になりました

A Poet

By the side of the furnace,
Looing at the sparks,
Sato said,
“It's full of ants,”
Sato too has become a poet now.

Shigetoshi Inoue (26)

みつおきせんせい

井上繁利（14歳）

ぼくが　むねがいたいと
みつおきせんせいに　いったら
すぐに
ぼくのてに　てをおいて
みゃくを　はかりました
せんせいは　おかあさんかな
と　おもいました

Miss Mitsuoki

When I said to Miss Mitsuoki
That I had a pain in my chest,
She all at once
Put her hand on mine
And took the pulse.
And I wondered
If she were my mother.

ぼくがむねがいたい
といったらすぐに
みゃくをはかりました
せんせいはおかあさん
かなとおもいました

Shigetoshi Inoue（14）

雪と、詩の勉強

井上繁利（24歳）

ゆきは
ふったり　やすんだりします
しのべんきょうも
かいたり　やすんだりします
やすみかたが　おんなじみたい

Snow and Writing Poems

Snow
now falls, now stops.
In writing poems,
now I write, now I stop.
It seems the same with snowing and writing.

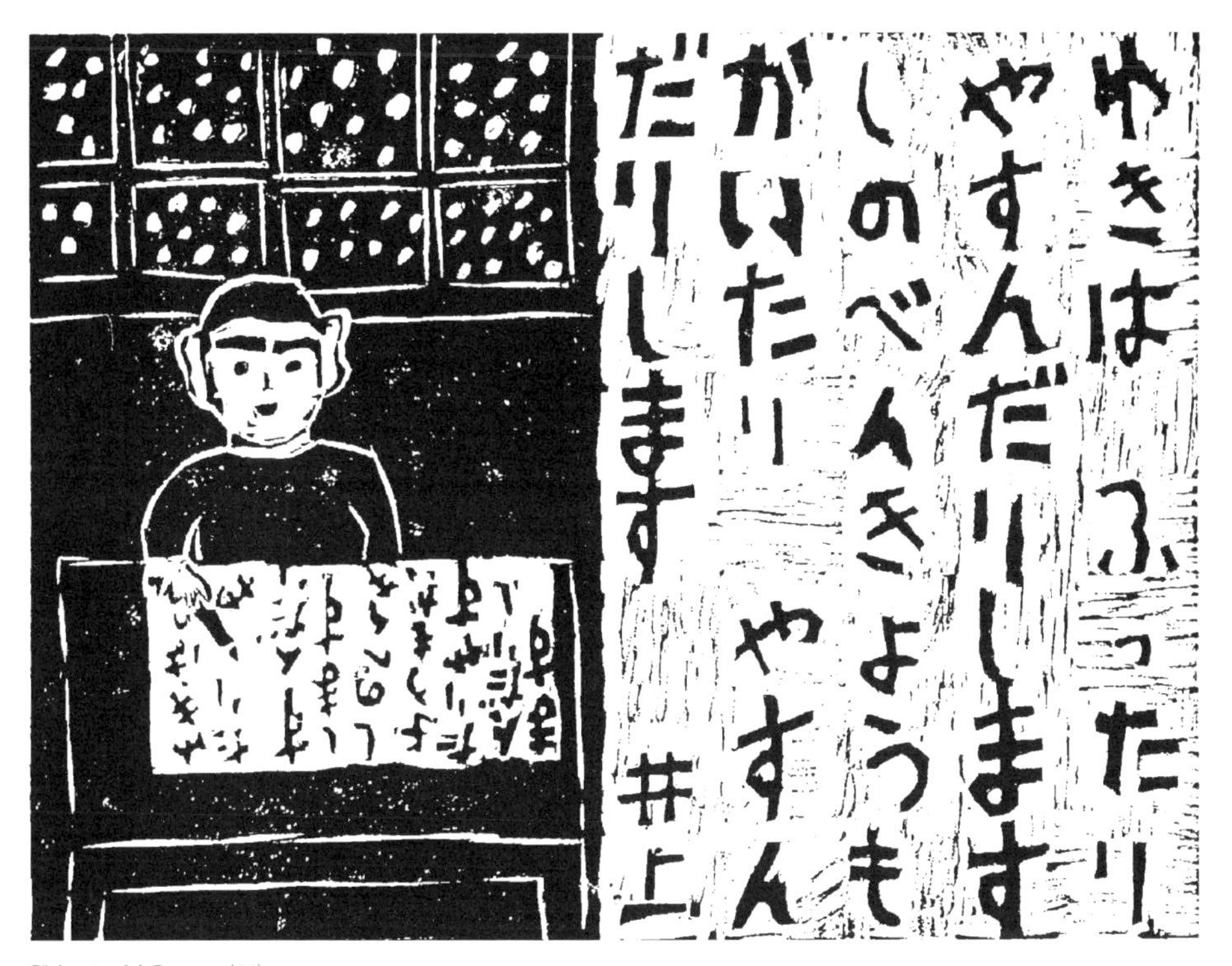

Shigetoshi Inoue（24）

た

友だちになろう

井上繁利（25歳）

きょう　ぼくが
外をみよったら
すずめが二わ
やねの上で
ちゅんちゅんと
話をしていました
ともだちになろう
といいよるのかな

Let's Be Friends

When I was looking out today,
two sparrows were talking
on the roof,
saying,"chirp.""chirp."
I wonder
if they were saying,"Let's be friends."

Shigetoshi Inoue（25）

とけい

井上繁利（27歳）

とけいは　しんせつです
ぼくが詩をかきよったら
とけいが
八時だよ
と　おしえてくれました
ほんとうに　とけいは　しんせつです

The Clock

The clock is kind.
When I was writing a poem,
the clock told me
that it was eight o'clock.
Really the clock is kind.

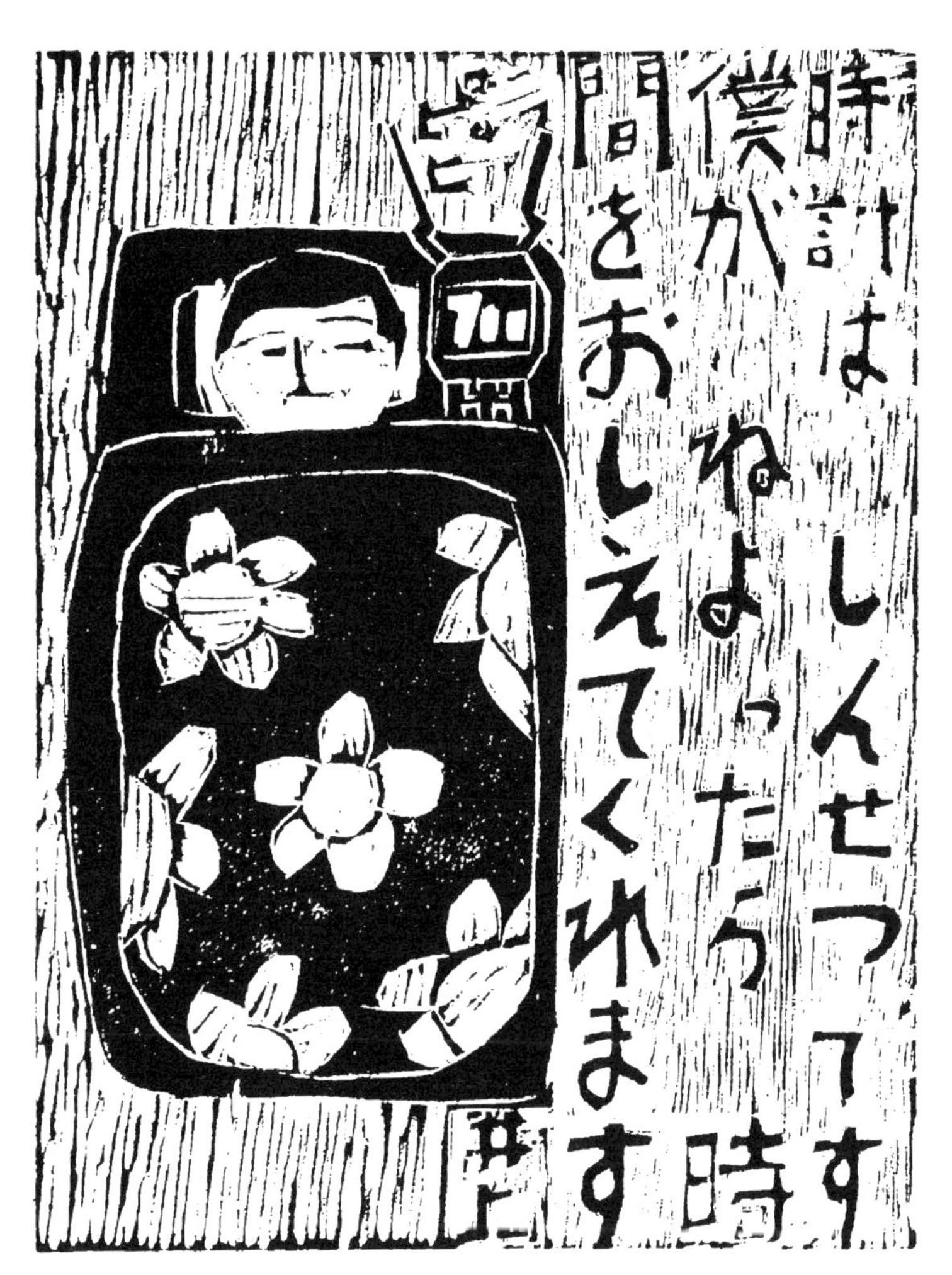

時計はしんせつです
僕がねよったら時
間をおしえてくれます

Shigetoshi Inoue (27)

かげ

井上繁利（29歳）

ぼくのかげが
ついてはしっていました
かげは太陽の子どもです

The Shadow

My shadow
Was running after me.
The shadow is the sun's child.

Shigetoshi Inoue (29)

めだまやき

井上繁利（15歳）

きょう　ぼくが
かんがえたことは
めだまやきが
おつきさまに　そっくりでした
ぼくは
そっくりしょうと　おもいました

めだまやきは
日本のはたに
にています

An Egg Fried Sunny-side Up

This is what I thought
Today:
The egg fried sunny-side up
Looked just like a moon.
I thought
It was the winner of the look-alike contest.

The egg fried sunny-side up
Looks
Just like the flag of Japan.

Shigetoshi Inoue (15)

あしたかんがえる

井上繁利（20歳）

また　あした
かんがえる
あした
ばん

I'll Think about It Again Tomorrow

I'll think
About it
Again tomorrow —
Tomorrow night.

Shigetoshi Inoue (20)

ろ

菊地くんの詩

井上繁利（21歳）

くるまの中で
仲野せんせいが
きくちくんの　しを
よみました
しょうがいは　つらいけど
うまれたとき　あったものは
しょうがありません
がんばって生きていくしかありません
と　仲野せんせいがいいました
そしたら
ぼくが
うん　そうや
と　いいました

A Poem by Kikuchi

On the bus
Mr. Nakano read a poem by Kikuchi:
“It's hard to be handicapped...
But we just have to live
with what we were born with...
All we can do is just keep going on,”
Mr. Nakano said.
Then
I said,
“Yes. That's right.”

Shigetoshi Inoue (21)

いい詩が

井上繁利（24歳）

今日は雨でした
そして
ぼくが　ろうかを　あるいていると
やぎせんせいが　ちいさいこに
空がないとるよ
と　いいました
ぼくは
いい　しが　できた
と　こころで　おもいました

A Good Poem

Today it was raining.
And
when I was walking in the hallway,
Miss Yagi said to a small kid,
“The sky is crying, isn't it?”
And I thought in my mind
that a good poem was made.

Shigetoshi Inoue (24)

青空

松本敬真（13歳）

おそらは
とっても　ひろい
あれ　くもってないけん

Blue Sky

The sky
Is very wide,
As there is no cloud.

Keishin Matsumoto (13)

詩

松本敬真（16歳）

けいこせんせいが
かわいいけん
これも詩にならい

A Poem

Miss Keiko
is lovely.
So this too... can be a poem.

Keishin Matsumoto (16)

つらら

東茂（16歳）

たんぼのみずが　おちて
つららになっていました
がくえんに　とってかえりました
かたなにしました
てっぽうにしました

Icicle

The water that dripped
From the rice field made an icicle
I brought it to the school
I used it for a sword
I used it for a gun

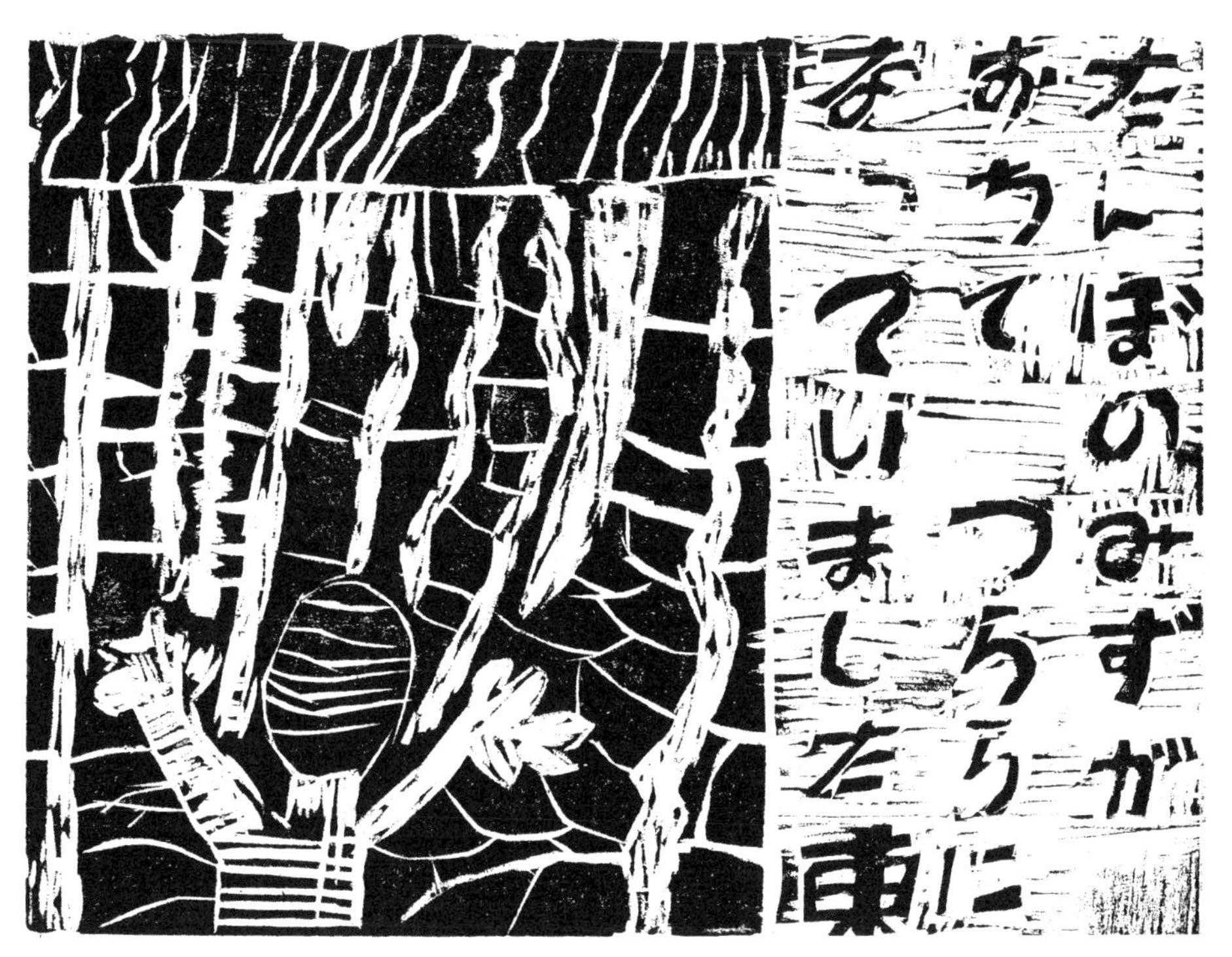

Shigeru Higashi（16）

はえ

東茂（15歳）

かずやのおでこに
はえが
とまりました
かずやのにおいがすきと
とまりました
かずやのあたまから
においを　すうて
にげました

Housefly

A fly lighted
On the forehead
Of Kazuya.
It lighted there,
Because it liked his smell.
It breathed in the smell
Of Kazuya's forehead,
And then flew away.

Shigeru Higashi (15)

おやつ

三好義明（13歳）

おやつ　ないけん
どうぶつに　なる
なったら
くさ　たくさん　たべる

A Snack

As I have no snack,
I become an animal.
When I become an animal,
I eat a lot of grass.

Yoshiaki Miyoshi (13)

マラソン

三好義明（14歳）

あめが　ふっても
マラソンを　したいこだけ
かさを　もって
マラソンを　しています
てんき　なったらも
あめ　ふったらも
マラソン　できます

Jogging

Even in the rain
Some kids who like jogging
Go running,
Carrying their umbrellas.
Whether it's fine
Or it's raining,
Some kids can go jogging.

Yoshiaki Miyoshi（14）

花に水をやる

三好義明（16歳）

ぼくは　はなに
みずを　やるので
かれん
みずを　やらんかったら
かれる
みずを　やると
めがでる
大きくなって
はなが　さく

I Water the Flowers

As I water
the flowers,
they don't die.
If I don't water them,
they die.
If I water them,
they put forth buds,
and grow
and bloom.

Yoshiaki Miyoshi（16）

詩の朗読

三好義明（17歳）

やわたはまの
まほうつかいコンサートにいって
ぶたいのうえに　あがって
ぼくの詩を
みんなのまえで　よみよったら
よそのひとが　みんなが
よく　きいてくれました
ぼくの詩がみんなにきこえて
はくしゅをしてもらいました

Reading My Poems Aloud

When I went to the Magicians' Concert
in Yawatahama
and read my poems aloud
on the stage
in front of the audience,
they all listened to my reading of poems
attentively,
and applauded.

Yoshiaki Miyoshi (17)

ろ

うぐいす

大本末広（21歳）

ぼくは　きょう　あさ
目をさましたとき
まどのとを　あけると
うぐいすが　ほけきょうと
ぼくに　あさのあいさつを
してくれていました
ぼくは　うぐいすが
あさ　はやく　おきているのに
きがつきませんでした
あとから　また　ぼくは
ふとんにはいって　ねました

The Bush Warbler

When I woke up
and opened the windows
this morning,
the bush warbler was giving me
a morning greeting,
singing,"Hokekyoo."

I didn't know
that the bush warbler had been up
so early in the morning.
Then, I crawled into my bed
and went back to sleep.

Suehiro Ohmoto (21)

まさしくん

大本末広（18歳）

そつぎょうしきをする　まえに
バラのおへやで
まさしくんが　ぼくに
おれが　いなくなったら
バラのへやの　リーダーとして
がんばれよ
と　いった
そして
ぼくも　まさしくんに
がんばれよ
と　いいました
まさしくんは
おお　わかった
と　いいました

Masashi-Kun

Before graduating,
Masashi-kun said to me
in the Rose Room,
"When I'm gone,
you, be the leader of the Rose Room
and do your best."
And I said to him too,
"You do your best too."
Then, he said,
"OK. I will."

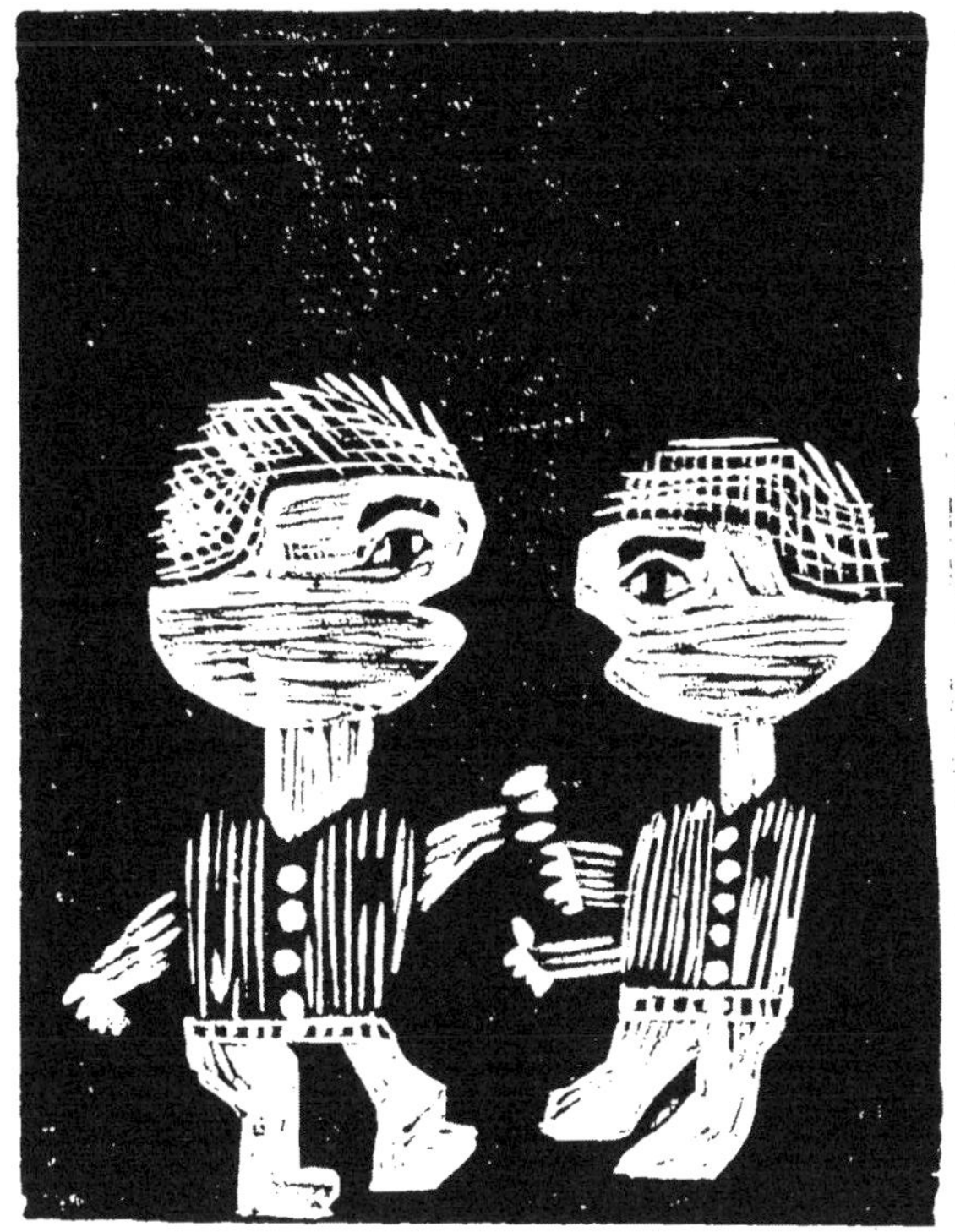

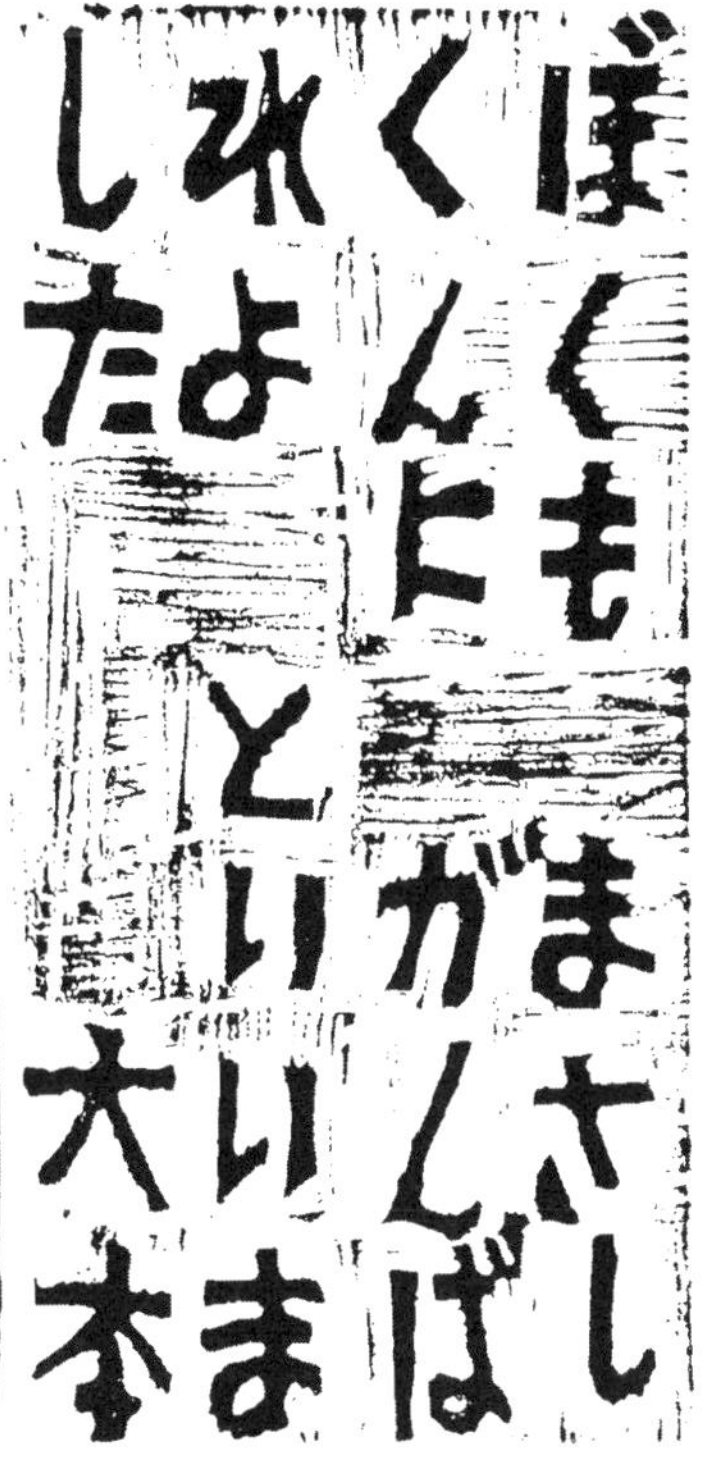
ぼくもまさし
くんとがんば
れよとりいま
した大本

Suehiro Ohmoto (18)

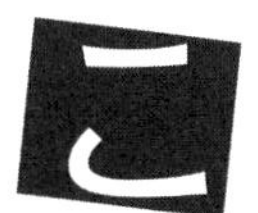

詩をかく

大本末広（24歳）

まだ　きまらん
きまったら
かこうわい
ぼくのかく詩が

Writing a Poem

I haven't
decided yet.
When I've decided,
I'll write my poem.

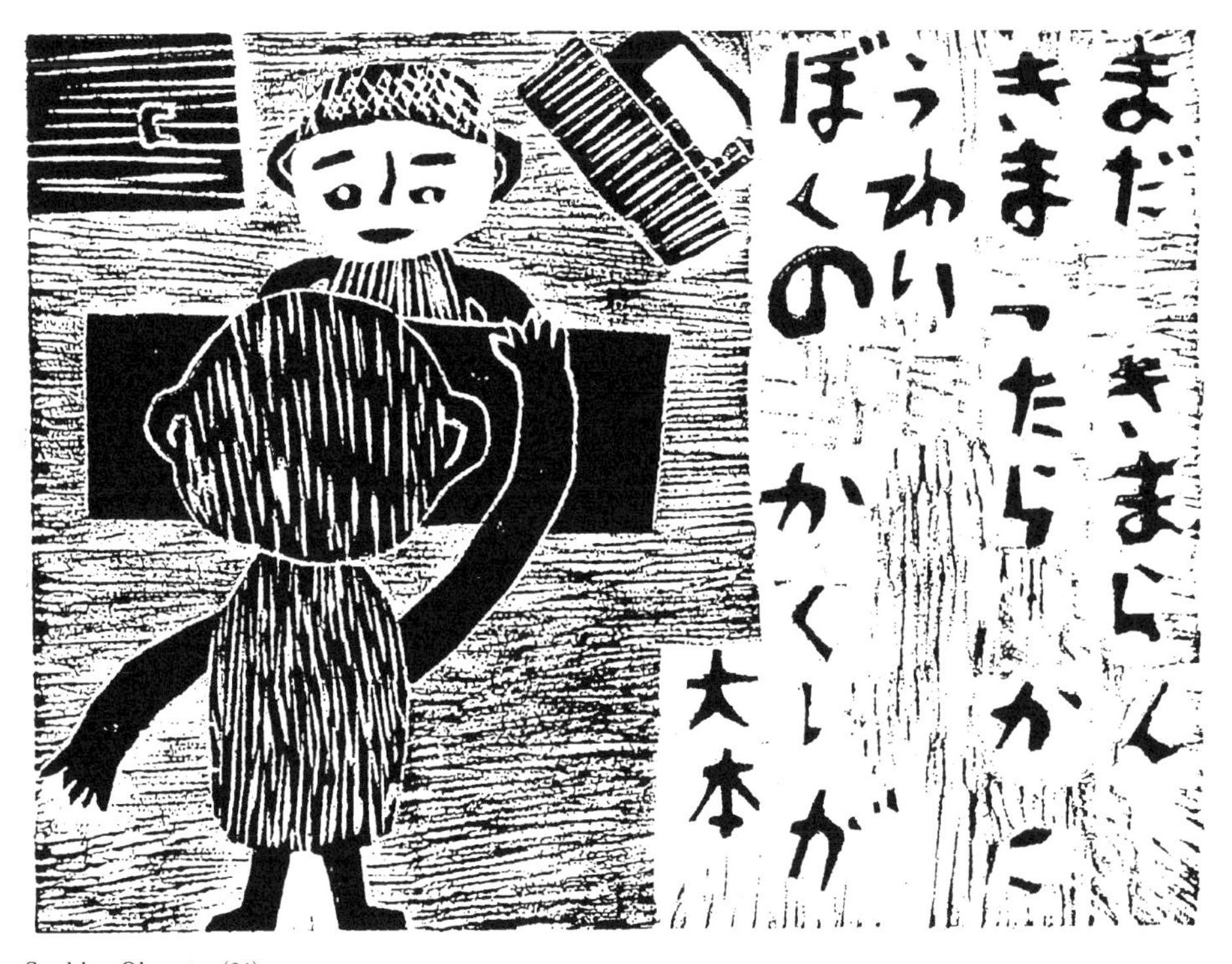
まだきまらん
きまったらかに
うゆり
ぼくのかくしが
大本

Suehiro Ohmoto（24）

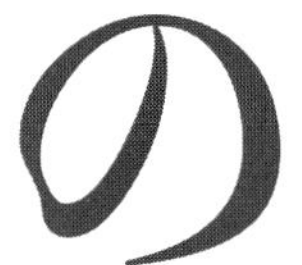

詩の社長

大本末広（17歳）

ぼくは　いっしょうけんめい
あせをながして詩をかくのだ
ぼくは詩のしゃちょうとなっているから
ぼくは詩をかくぞ

Company President of Poetry

I will work hard,
writing poems, sweating.
Since I'm the company president of poetry,
I will write poems.

Suehiro Ohmoto (17)

詩

大本末広（16歳）

詩がかけないぼく
詩がかけないというのは
あたまに詩がはいってないのだ

A Poem

I can't write a poem.
The reason why I can't write a poem
is because I have no poem in my head.

Suehiro Ohmoto（16）

風のふく山

大本末広（20歳）

山にくると
木のふねが
かぜのうみに　ゆれながら
木のふねが　うごいています。
みんなは
木のふねの中にはいって
ゆれています。

Mountain Where Winds Are Blowing

When I have come to the mountain,
the boats of trees are swaying
in the sea of winds,
ever moving.
We too are swaying
in the boats of trees.

山にくると木のスね
がかぜのうみに
ゆれながら木のふね
がうごいています
大本

Suehiro Ohmoto (20)

詩

大本末広（20歳）

ぼくは　がくえんに　はいったときは
しは　よおかかなかった
ぼくは　じのれんしゅうを
いっぱい　してから
しが　かけるようになりました
ぼくは　しをかくと
しは　おもしろいです

A Poem

When I entered this school,
I couldn't write a poem.
After I practiced
writing letters a great deal,
I got to write poems.
When I write a poem,
it's fun.

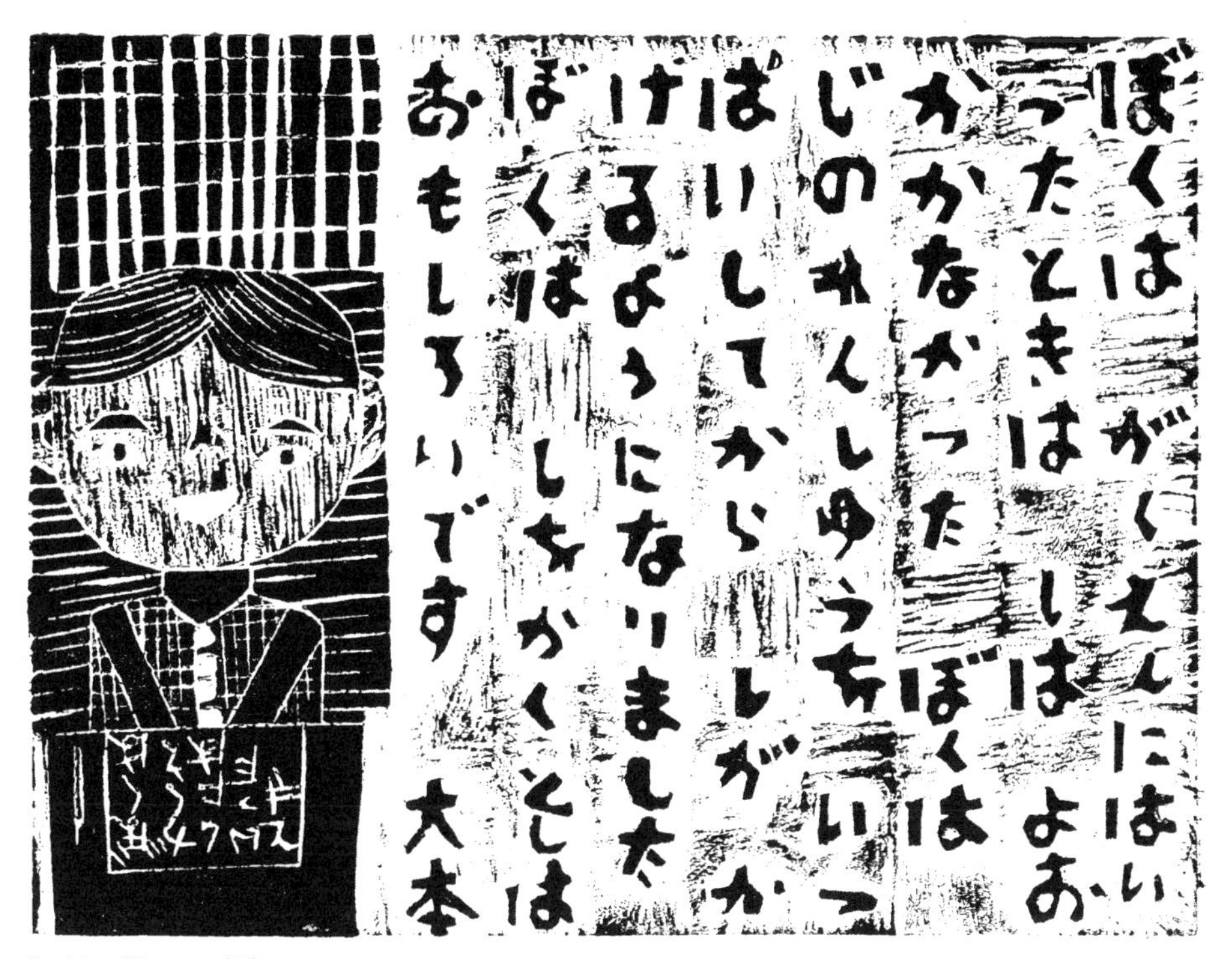
ぼくはがくえんにはい
ったときはしはよお
かかなかったぼくは
じのれんしゅうをいっ
ぱいしてからしがか
けるようになりました
ぼくはしをかくことは
おもしろいです
大本

Suehiro Ohmoto (20)

がまん

大本末広（25歳）

にんげんは
なにごとも　がまんをすることが
一つのもくひょう
じぶんは　じぶんなりで
がまんして　いきていこう
とくに　いっしょうけんめい
がんばろう

Perseverance

For human beings
to persevere with everything is
an important thing.
I will keep on living,
persevering by myself.
By all means, I will work
as hard as I can.

Suehiro Ohmoto (25)

もも

大本末広（17歳）

ももから
ももが　うまれました
ももの　おかあさんが
こもりうたを　うたっていました
あとから　ももは
ぐっすりと　ねむりました

Peach

Baby Peach was born
to the peach tree.
Mother Peach was singing
a lullaby.
Then, Baby Peach went
to fast sleep.

Suehiro Ohmoto (17)

山頂で

菊地敏夫（9歳）

うえにも山がある

On the Mountaintop

There is
Another mountain
Up there.

Toshio Kikuchi (9)

ぼくの楽しみ

菊地敏夫（20歳）

ぼくの楽しみは
詩をかいて
社会の人にみとめてもらうこと
発言　発言　発言して
社会の人に
ぼくらのことを　りかいしてもらう

My Pleasure

It's my pleasure
to write poems
and have them recognized by the public.
By speaking up, speaking up, speaking up
I would like to have us known
to the public.

Toshio Kikuchi（20）

にんげん

井関 直（21歳）

にんげん
にんげん
じぶん　にんげん
にんげん
じぶん　にんげん

A Human Being

A human being.
A human being.
I'm a human being.
A human being.
I'm a human being.

Tadashi Iseki (21)

ろ

なんでも詩になる

井関 直（29歳）

ぜんぶし
ぜんぶし
なんでもしになる
なんでもしになる

Anything Becomes a Poem

Everything is a poem.
Everything is a poem.
Anything becomes a poem.
Anything becomes a poem.

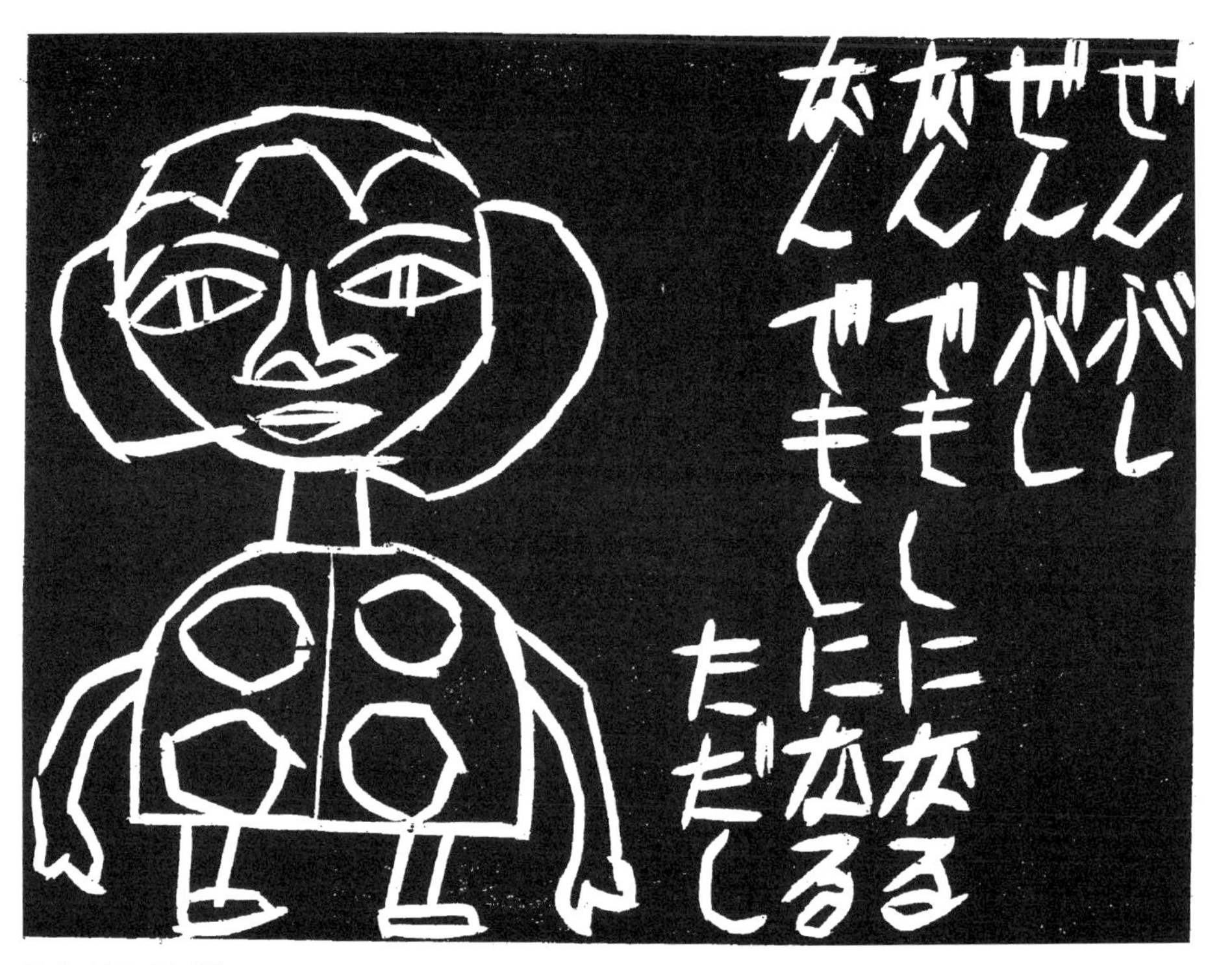

Tadashi Iseki (29)

詩をかく

山本昌史（15歳）

詩をかく
山本昌史
詩をかく
副社長だ
大本君にはまけないぞ
いま　大本君は社長だ
いまにみていろ
詩をせいふくするぞ
まけても　べそかくなよ

Writing Poems

I, Masashi Yamamoto, write
Poems.
I am the Vice-President
Of writing poems.
I won't let Ohmoto beat me.
Ohmoto is the President at present.
You just wait and see.
I'll master poems.
Even if you are beaten,
Don't you cry.

Masashi Yamamoto（15）

おもいで

山本昌史（15歳）

ぼくが
ずーっと前にかいた詩を
よみよったら
おもいでが　でてきました。
たのしいことも
おもしろいことも
かなしいことも
なつかしい先生のことも
おもいでに　でてきます。

Memories

When I was reading poems
Which I had written
A long time ago,
Memories came back.
Joyous things,
Interesting things,
Sad things,
And dear teachers, too
All come back in my memories.

Masashi Yamamoto (15)

かげ

住田昭敏（16歳）

マラソンのとき
ぼくが　はしりよったら
かげも　はしりました
ぼくは　そのかげをみて
はしりました

My Shadow

When I was running
At our school's marathon race,
My shadow too was running.
I kept running,
Looking at the shadow.

Akitoshi Sumida（16）

雲

兵頭末雄（16歳）

空がはれとるけん
雲がひこうきになったり
ふねになったり
なみになったりして
うごいたり
やすんだりしています
ぼくは　雲にのって
ほうぼうに　いきたいです

Cloud

The sky is clear,
And the cloud becomes
An airplane,
Or a ship,
Or a wave,
And moves
And stops.
And I want to ride
On a cloud
And visit many places.

Sueo Hyodo (16)

おに

兵頭末雄（15歳）

おには　山にあがって
くもでわかした
おふろにはいって
のんきに
うたを　うとうていました
おふろからでて
くものシャワーを　あびていました

Goblins

Goblins went up the mountain
And took a bath
Which they had heated with
 clouds
And merrily they sang
And getting out of the bath,
They took a shower of clouds

Sueo Hyodo（15）

とけい

岡本静次（19歳）

とけいを　よめるようになりました。
とけいのじかんが
よめるようになりました。
ぼくは　とけいがよめるようになって
います。
かんげきしました。
とけいがあったら　たすかります。
とけいがあるので
ぼくは　うれしいかったです。

The Clock

Now I can read the clock.
Now I can read the time
of the clock.
Now I am able to read
the clock.

I felt really excited.
It's good to have a clock around.
I was happy
to have a clock around.

Seiji Okamoto（19）

自転車

岡本静次（20歳）

じてんしゃに　のるのが
うまくなりました。
じてんしゃに　のるのは
すきです。
じでんしゃに　のったら
いいきもちでした。

A Bicycle

Now I can ride a bicycle
Well.
I enjoy
Riding a bicycle.
When I rode a bicycle,
I felt very good.

Seiji Okamoto（20）

野村の山

岡本静次（31歳）

野村の山のしは
とても　きれいでした。
ぼくは　とても　かんげきしました。
野村の山は
とても　たくさん　木がはいっています。
ぼくは山をみるのはだいすきです。

MOUNTAINS

The poem about the mountains of Nomura
was very beautiful.
I was deeply impressed.
There are many trees
in the mountains of Nomura.
I love to watch the mountains.

Seiji Okamoto (31)

土ごしらえ

横山久美（15歳）

どろねんどと　こなを
よくまぜて
よいねんどが　できます。
私は　力をいれて
ねんどを　ねっていると
あせが　ながれて
ねんどに　おちて
にじみました。

Preparing the clay

We can make good clay
by mixing wet clay
and powder.
When I kneaded it well
with all my might,
sweat rolled down,
falling on the clay,
and soaked into it.

Kumi Yokoyama (15)

ろ

ながいかくれんぼ

二宮早百合（14歳）

おうちと　がくえんと
ながいかくれんぼです
みんなは　がくえんで
かくれています
お母さんたちは
みんなを　さがしています
春休みや
夏休みや
冬休みに
みつかります
それまで
お母さんたちは
さがしています
わたしは
早くみつかったらいい　と思います

Long Game of Hide-and-Seek

A long game of hide-and-seek
is played between our homes and
school.
We kids hide
in our school,
and mothers come
and look for their kids.
They find us
in spring holidays,
in summer holidays,
and in winter holidays.
Till then
mothers keep looking for their
kids.
I want to be found
by my mother in no time.

Sayuri Ninomiya（14）

手紙

二宮早百合（19歳）

手紙っていいな
手紙をもらったときに
ものすごく　うれしい
まえのもらった手紙をよむと
なつかしくてたまりません
だから
私は手紙をたくさんもっています
手紙をよむと
なんだか　ゆうきが　でます

A Letter

A letter is a welcom thing.
When I receive a letter,
I feel very happy.
When I read a letter I received before,
I feel very nostalgic.

So
I have many letters with me.
When I read a letter,
Somehow I feel encouraged.

Sayuri Ninomiya（19）

かあちゃん

詩　片岡英吉（6歳）
版画　二宮早百合（22歳）

ぼく　かあちゃんが　すきなけん……

Mother

I love Mother, you know.

Poem by Eikichi Kataoka (6)
Print by Sayuri Ninomiya (22)

あくびの詩

二宮早百合（23歳）

私が詩を考えていると
あくびが出ました。
先生にあくびをしているところを
みつかってしまいました。
詩を見つけました。
それはあくびの詩です。

A Yawn

When I was thinking out a poem,
a yawn came out.
Teacher canght me yawning.
And I found a poem,
a poem about a yawn.

Sayuri Ninomiya（23）

愛

二宮早百合（22歳）

愛は美しい言葉です
自然を愛することや
虫を愛することや
人を愛すること
ほかにもたくさん
愛することがあります
もし愛と出合ったら
大切に生きよう

Love

Love is a pretty word.
We have nature to love.
We have insects to love.
We have human beings to love
And many other things to love too.
If I come upon a love,
I will cherish it in my life.

Sayuri Ninomiya（22）

詩をかく

丸田智枝美（16歳）

手紙をかいてすんだら
詩をかきますから
まってくださいね
仲野先生

Writing A Poem

When I finish writing this letter,
I will write a poem.
So please wait,
Mr. Nakano, will you?

Chiemi Maruta (16)

た

風

丸田智枝美（25歳）

実習生教室のまどが
あいていたので
風がふいて
かわかしていた
はんがが
とんでしまいました
風はいたずらです

The Wind

The windows of the workshop
were open
and a wind came in,
blowing off the woodprints we were drying.
The wind is mischievous.

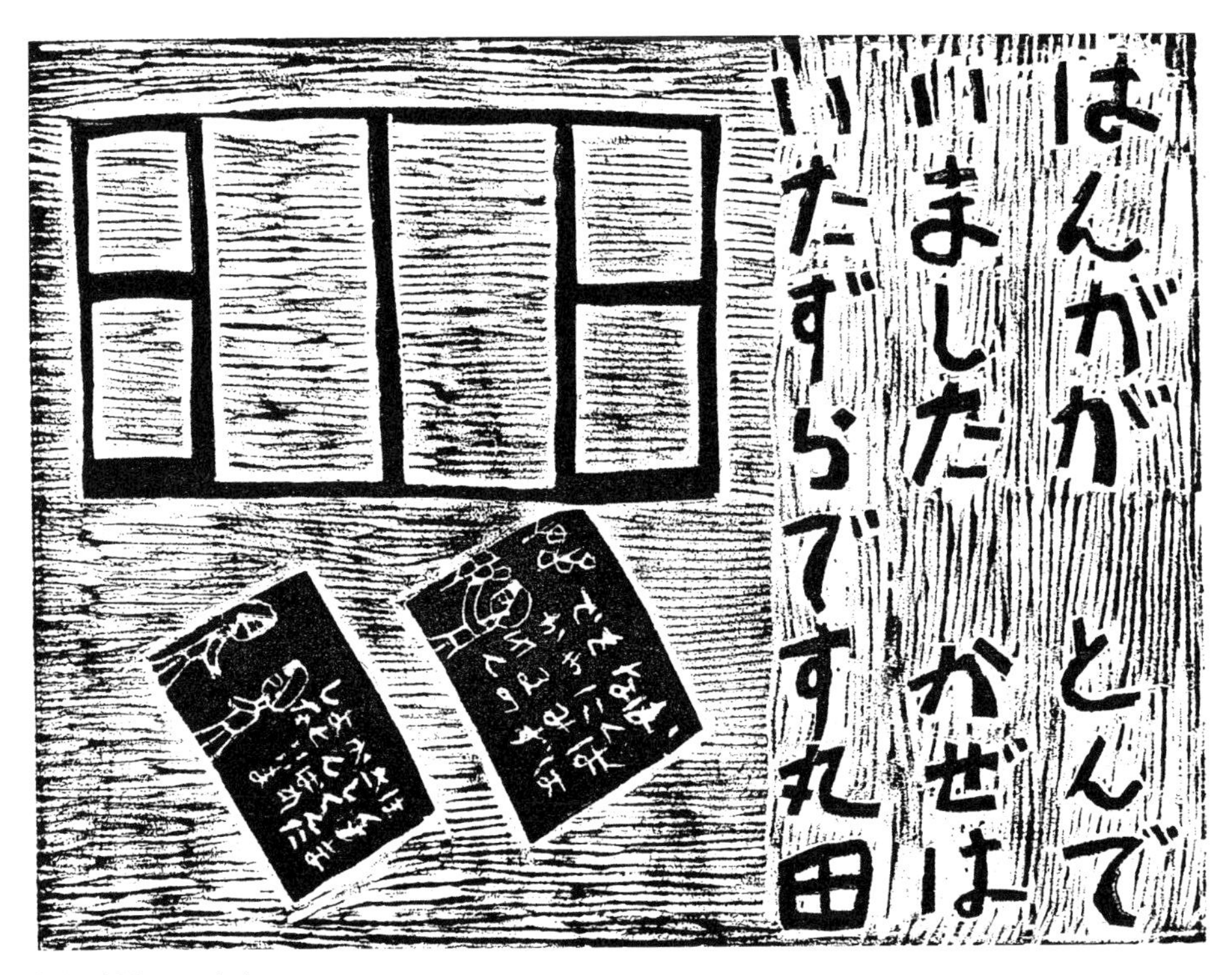

Chiemi Maruta (25)

マラソン

丸田智枝美（17歳）

私がマラソンをしていると
雪もはしっていました
雪も風といっしょに
はしっているのかな
雪も私みたいに
あせをかくのかな

Jogging

When I was jogging,
the snow too was jogging.
I wonder
if the snow was running
with the wind.
I wonder
if the snow sweats like me.

Chiemi Maruta (17)

カラオケ

丸田智枝美（20歳）

私のお父さんは
カラオケを　もっています
いつも　お兄さんのへやで
カラオケを　うたっています
お父さんが
カラオケをうたっている声が
炊事場のほうまで
きこえてきます
お父さんはカラオケがすきなんだなあ
と　思います

Karaoke

My father has
A karaoke machine.
He always sings with karaoke music
In my brother's room.
The voice
Of my father singing along with
karaoke music
Comes as far as the kitchen here.
"Father really loves singing along
With karaoke music,
Doesn't he?"
I think.

Chiemi Maruta (20)

なかがわせんせい

柿本栄太郎（19歳）

なかがわせんせいって
とてもやさしい　おねえさんか
おかあさんのように
とてもやさしい　ひとです。
かわいらしくって
ぼくや　みんなに
とてもやさしい　せんせいで
ぼくたちは　そんななかがわせんせいが
とても　だいすきです。
ほんとに　だいすきです。
とても　かわいいです。

Miss Nakagawa

Miss Nakagawa is
A very gentle person,
Just like a very gentle sister
Or mother.
She is cute,
And a very gentle teacher
To me and to everyone.
We love such Miss Nakagawa
Very much.
We really love her very much.
She is very cute.

Eitaro Kakimoto (19)

おとうさんおかあさん

柿本栄太郎（18歳）

ぼくの　おとうさんや　おかあさんは
ぼくにとって
とても　いい
おとうさんや　おかあさんです。
ぼくのそばには　いつも
かみさまだけじゃなく
おとうさんや　おかあさんがいると
そう　おもいつきました。
じぶんより　たいせつな
おとうさん　おかあさんを
だいじにしようと　おもいました。

Father and Mother

My father and mother
are very good father
and very good mother
to me.
I've realized
that not only God
but also my father and mother
are always by my side.
I think I will take good care
of my father and mother
who are more important than me.

Eitaro Kakimoto（18）

詩のべんきょう

柿本栄太郎（19歳）

詩をかくのって
とても　つかれちゃいます。
いちいち詩をかんがえて
いい詩ばかりを
かいたりしなければならないから
とても　たいへんな
詩のべんきょうです。
詩はじぶんのこころにしかないから
いっしょうけんめい
詩をかんがえないと
なかなか詩はかけぬくいものなのです。

Learning to Write Poems

Writing poems is
very tiring.
Each time I have to think out a poem
and try to write a good one,
so, learning to write poems
is very hard.
Poems only exist in my mind,
so, unless I try my utmost
to think out a poem,
it is difficult to write one.

Eitaro Kakimoto (19)

ぼくのがんばるひみつ

柿本栄太郎（19歳）

ぼくのがんばるひみつは
じっしゅうの　なかがわせんせいでも
ふしぎにおもうほどです。
それは　ぼくに
ちえとゆうきとさいのうがあるから
いい詩がかけたり
ほれたりできるのです。
ぼくのがんばるひは
ずっと　つづきます。

My Secret of Working Hard

Even Miss Nakagawa,
the practice teacher
of our school is impressed
by my secret of working hard.
As I have the wisdom, courage,
and talent of writing poems,
I can write and cut good poems
on the wood block and clay.
My secret of working hard will stay
all the time.

Eitaro Kakimoto（19）

ろ

おじさん

柿本栄太郎（20歳）

おじさんが
ぼくが　ほった
はんが詩にかんげきして
ちからづよく　ほめてくれました

My Uncle

My uncle
Was so deeply touched
By my woodcut print poem
That he praised me strongly.

Eitaro Kakimoto（20）

そら

柿本栄太郎（20歳）

そらはぼくたちにおしえてくれました。
きれいなそらだとおしえてくれました。
ぼくたちはそらにむかってさけんでいた。
きれいなそらだなとさけんでいた。
そらはとてもうつくしい。
そらをみていたら
ゆめのような　きれいなそらだった。

THE SKY

The sky told us something.
The sky told us that it is a beautiful sky.
We shouted to the sky.
We shouted,"You are a beautiful sky, aren't you?"
The sky was very beautiful.
As I looked at the sky,
it looked like a sky in a dream.

Eitaro Kakimoto (20)

あせ

柿本栄太郎（20歳）

ぼく　あついなかを
やるきで　しごとをすれば
からだから
あせがながれおちてきて
あせをたくさんかきます。
あせをかいたら
タオルでふきとり
また　あせをかいたら
なんべんも　タオルでふきとります。

Perspiration

When I work with all my heart
on a hot day,
my body perspires
profusely,
sweat falling from all over my body.

When I perspire
I wipe the sweat off with a towel.
When perspiration comes out again,
I wipe it off all over again.

Eitaro Kakimoto（20）

はな

柿本栄太郎（19歳）

しょくいんしつの
なかの先生のつくえに
きれいな　おはなが
かざられていました。
なかの先生でも　ほれぼれするほど
きれいな　おはなでした。

Flowers

Pretty flowers were put
on the desk
of Mr. Nakano
in the Teachers' room.
They were so pretty
that they would make Mr. Nakano happy.

Eitaro Kakimoto (19)

24時間

利根勝之（20歳）

にんげんは　みんな
24時間で
がんばっていきていくしかありません

Twenty-Four Hours

Each of us human beings has
twenty-four hours a day.
We have no other choice but live,
making the most of it.

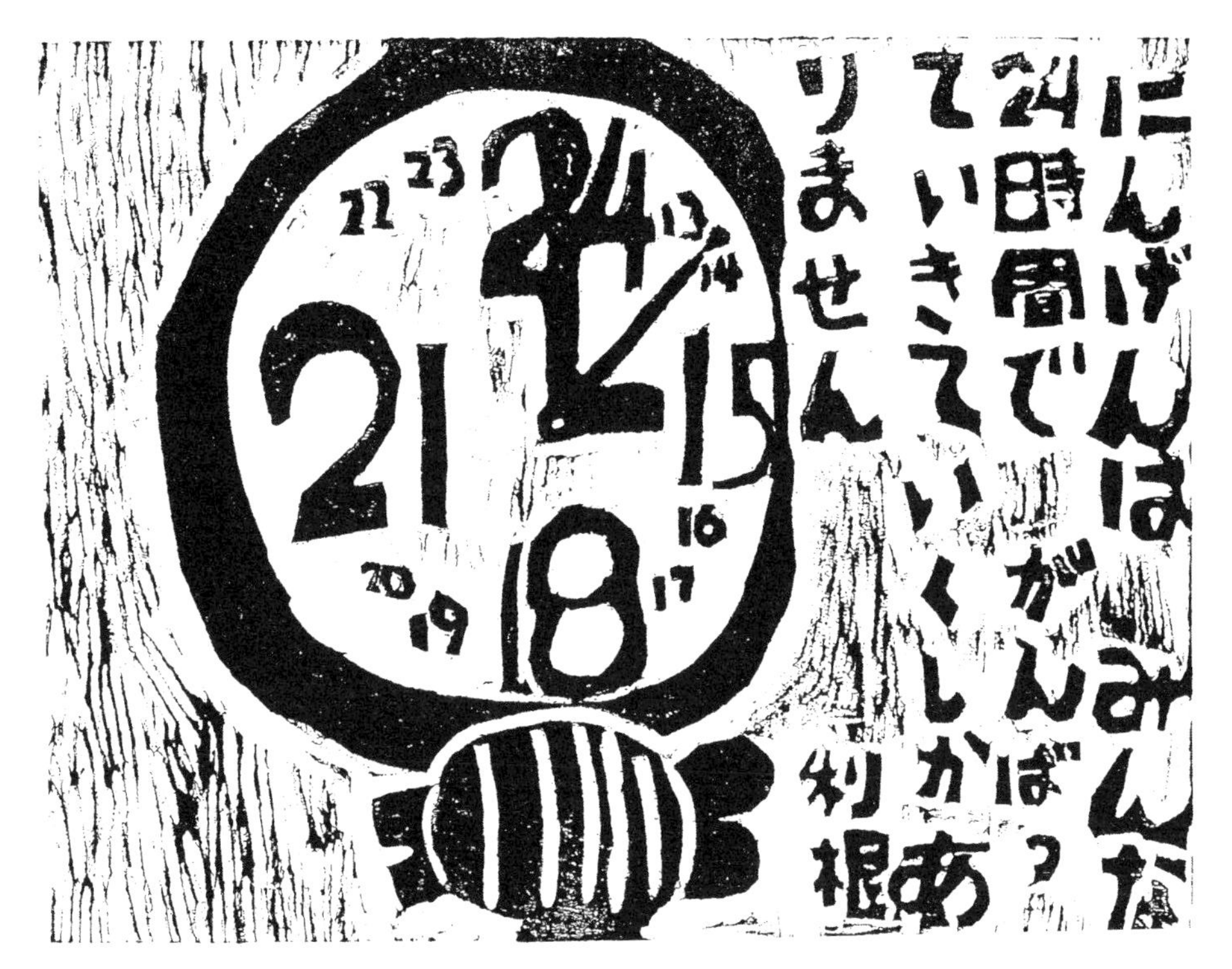
にんげんはみんな
24時間でがんばっ
ていきていくしかあ
りません
利根

Katsuyuki Tone (20)

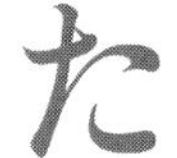

ねこ

種田山頭火の詩
版画　利根勝之（21歳）

猫もいっしょに
あくびするか

A Cat

Does a cat yawn with a human being, too?

(Note: This is an utterance by a haiku poet, Taneda Santoka(1882-1940).

Katsuyuki Tone (21)

時間

利根勝之（20歳）

時間は24時間で
一日一日と
すぎていってしまいます

Time

The time of 24 hours
Goes by
Day after day.

Katsuyuki Tone（20）

柿本栄太郎君

利根勝之（21歳）

柿本栄太郎君は
頭のなかで
詩をうかべながら
詩をかんがえている
そうして詩ができたら
はんがにします
ぼくも栄太郎君みたいに
なりよります

Eitaro Kakimoto

Eitaro Kakimoto is
In his head
Dreaming about a poem,
And thinking about a poem.

And when a poem is made
He carves it in a block.
I too am becoming
Like Eitaro.

柿本栄太郎君は頭の
中で詩をうかべなが
ら詩をかんがえてい
る そうして詩がで
きたらはんがにしま
す
利根

Katsuyuki Tone（21）

中川君

利根勝之（19歳）

はんが室に
ちょうちょが
でんきのしたを　とんで
とびまわっていました。
中川君が
ゆびをさして
あーあ
といいました。

Nakagawa

In the wood block print room
A butterfly
Was flying around
Under the electric lamp.
Nakagawa pointed at it
With a finger
And cried out,"Ah!"

ちょうがはんがしつ
をとびまわって
中川君がゆびをさして
あーあーといいました
利根

Katsuyuki Tone (19)

二宮真紀先生

利根勝之（19歳）

二宮真紀先生は
おかおが　まんまるいです。
かみが　ながいです。
おにんぎょうみたいです。

Miss Maki Ninomiya

Miss Maki Ninomiya has
a round face.
She has long hair.
She looks like a doll.

Katsuyuki Tone (19)

うぐいす

佐藤信一（18歳）

うぐいす
ほーほけきょう
ないた
四かいめ

A Bush Warbler

A bush warbler
Warbled:
"Hoo-hokke-kyo-o-o..."
For the fourth time.

Shinichi Sato (18)

ろ

かぜ

佐藤信一（18歳）

しぜん
かぜ
だいしぜん

Winds

Nature.
Winds.
Great nature.

Shinichi Sato (18)

きぶんてんかん

佐藤信一（19歳）

ちょっと
ブラブラしよ
きぶんてんかん

A Break

Let's take
a little break
for a change.

Shinichi Sato (19)

白鳥

堀川美鈴（22歳）

あさぎりこのなかで
はくちょうが　二わ
およいでいます。
はくちょうさんがふたりで
さんぽしているのかな。

Swans

Two swans are swimming
in Lake Asagiri.
I wonder
if they are taking a walk
together.

Misuzu Horikawa (22)

うぐいす

小笠原 清（17歳）

うぐいすが山でないていました。
うぐいすのいえが山にあります。
木のなかにいえがあります。

A Bush Warbler

A bush warbler was singing in the mountain.
His home is in the mountain.
His home is in the tree.

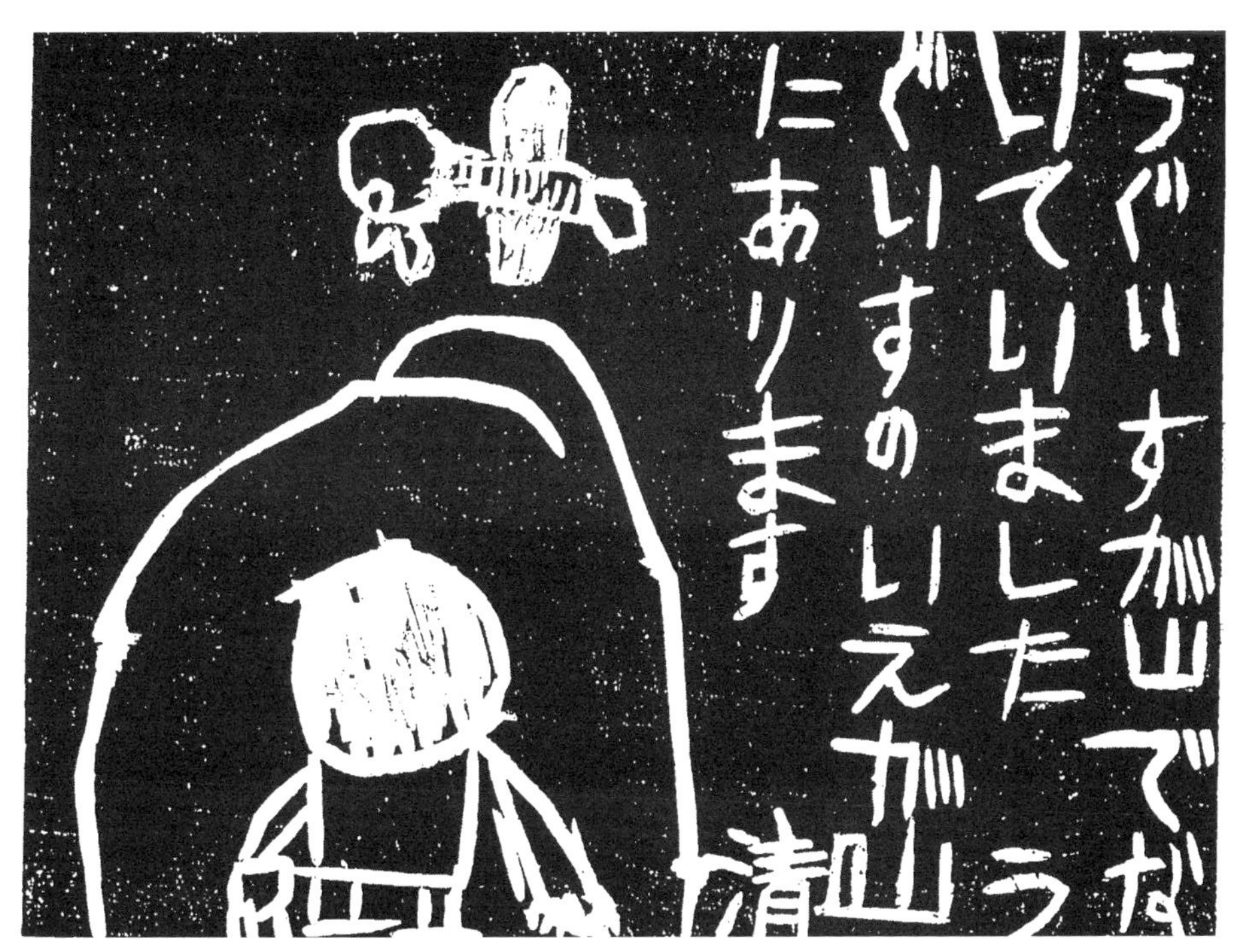

Kiyoshi Ogasawara (17)

かみさま

兵頭房江（14歳）

かみさまは　いつも
私と早百合さんには
じゃまをしませんです
うれしいです

God

God never
Interferes
With me and Sayuri.
I am glad.

Fusae Hyodo (14)

版画詩

花が人間に　児島博克

サイネリヤの花がぱっとさいた。
あおのきれいな花がさいたので
花が人間に
花をさかせてくれて
ありがとさん
お水ありがとさん
といいました。

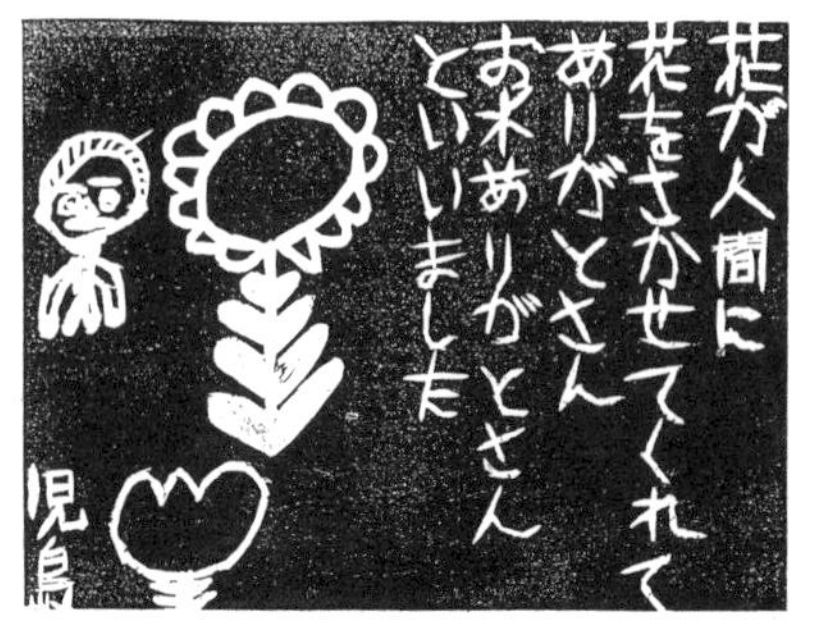

The Flower Talked to Humans
A cineraria bloomed all of a sudden.
The blue,big flower bloomed.
and talked to us, human beings,
"Thank you for helping me to bloom,
Thanks a lot
for the water you gave me"

花　西村美代

きれいな花が
さいています
なぜきれいかなあ

Pretty Flower
A pretty flower has blossomed out.
Why is it so pretty, I wonder?

＊1998年以降発表の作品

詩の本　西村まゆみ

私の詩の本
今年はつくってね
ずんずんずんずん
日がたっていきよる

My Book of Poems

My book of poems.
Please make it this year, will you?
Rapidly
Days pass by.

いっしょにいたい　尾崎則夫

あしたが
こなくても
いいから
スキなひとと
いっしょに
いたい
ずうと

I Want to Be Together

I want to be
Together
With someone I love
All the time,
Even if
Tomorrow
Will not come.

詩できたよ　松川 光

かこ
かこ
詩おもいついたけん
かこ
かこ
かかい
なかのせんせい
詩できたよ

A Poem is Finished

I'll write.
I'll write.
because I hit upon a good poem.
I'll write.
I'll write.
Write I will.
Mr. Nakano,
I've written a poem.

あいさつ　岩本明美

ひとに　おはようございますとか
こんばんはとか　こんにちはと
あいさつをすると
いいきもちになるとおもいます。
あいさつは　だいじだとおもいます。
私はあいさつをすると
いいきもちになるので
ちゃんと　あいさつをします。

Greeting

If I greet someone,
I feel good,
So, I greet others correctly.

てんとうむし

滝本学

てんとうむし
うんどうじょうで
みつけた
とんだ
そらに

A Ladybug

I found
A ladybug
In the playground.
It flew away
Into the sky.

あくび

福田健司

あくびした
ひかるちゃん
ねむたいんか
がんばれー

He Gave a Yawn

Hikari-chan gave
a yawn.
I wonder if he's sleepy.
Don't give up!

はんがほり　　林 幸子

いま
ひっしに
ほりよるんよ

Wood Block Print

Right now
I'm cutting a block
with all my might,you know?

もみじ　　岩崎 愛

もみじがきれいです
わたしは
もみじの詩を
かこうかな

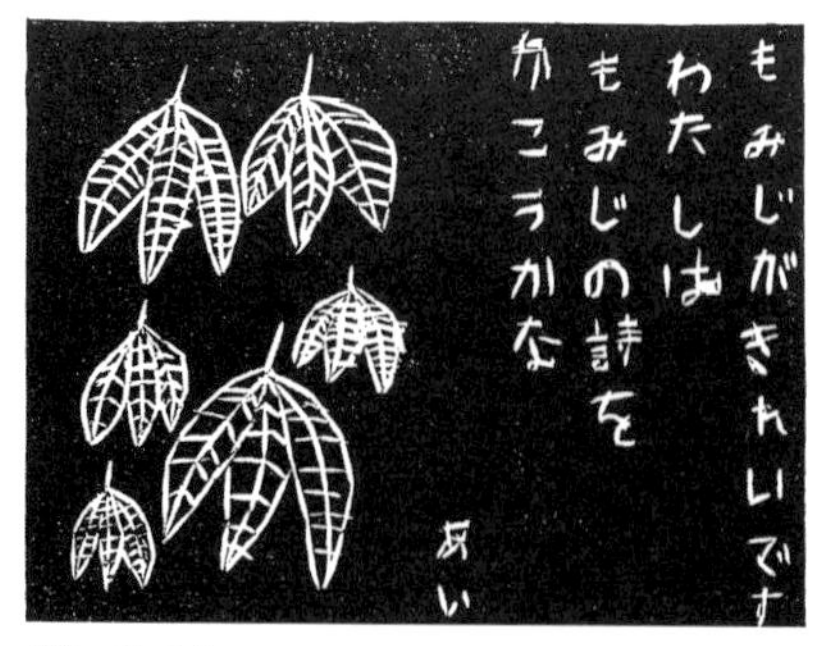

The Red Leaves

The red leaves are beautiful.
Shall I
Write a poem
About the red leaves?

まねきねこ

谷口潤一郎

これは
おおやまねこです
どうぶつずかん
よみました
まねきねこ　おもいだしました

A Beckoning Cat's Figure

This is
A lynx.
I'm looking at it
In the illustrated animal book.
It reminds me of a beckoning cat's figure.

みんみんぜみ

金子 晃

きょうははれています
みんみんぜみがないています
こんなにあついのに
ごくろうさまです
ぼくたちもまけずにがんばります

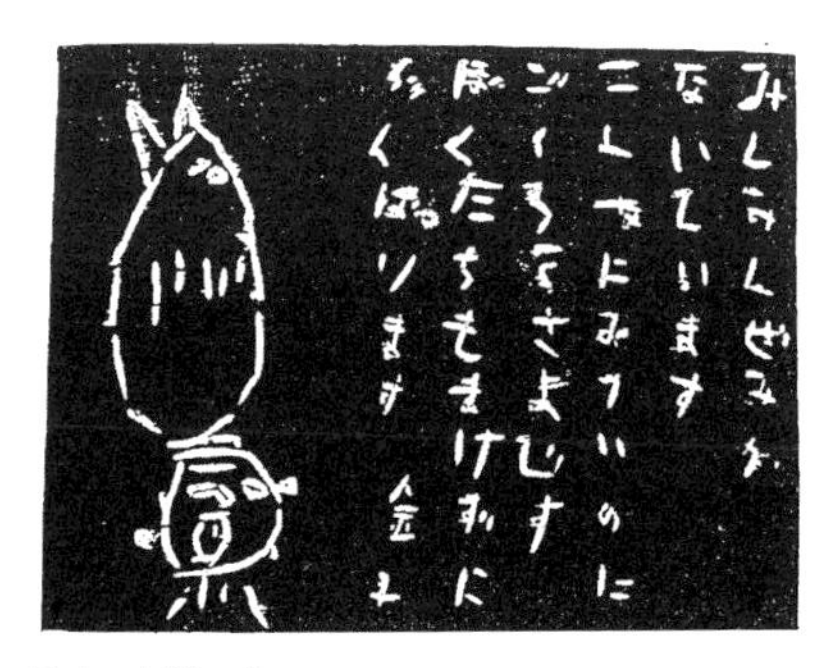

Robust Cicadas

It's a fine day today.
Robust cicadas are singing.
I appreciate their singing
On such a hot day.
We too will work as hard as they.

赤とんぼ　田中伸幸

あ
あかとんぼ
これから秋

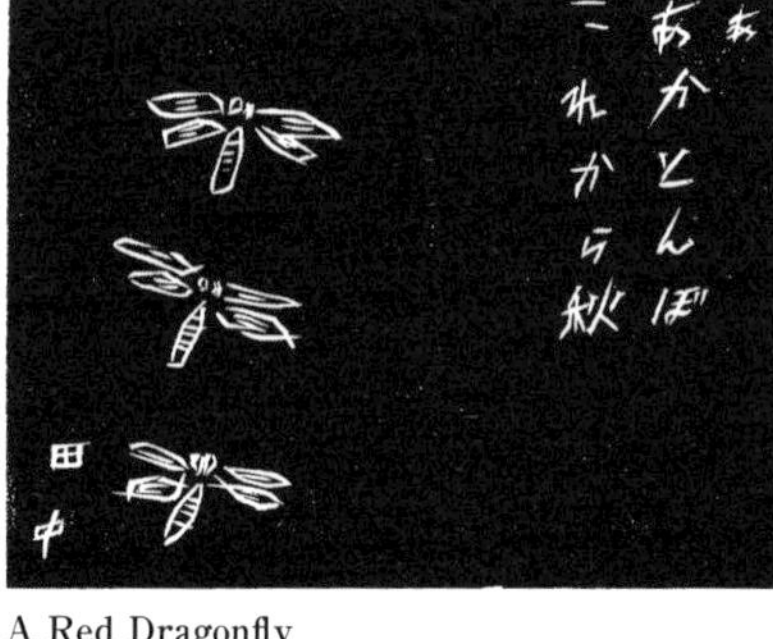

A Red Dragonfly
Look!
A red dragonfly!
Now it's autumn.

さつき　稲垣美津恵

きれいな　さつきが
まんかいでした
とても　びじんな
じょせいみたいに
さいていました

Satsuki Azaleas
Beautiful satsuki azaleas were
in full bloom.
They were blooming
like
very beautiful women

ぬいぐるみのくまちゃん　浜田好美

くまちゃん
まいにち　わたしと
なにしていますか
おしえてください
よっこらせ

TEDDY BEAR, KUMA-CHAN

Kuma-Chan,
What are you doing
With me every day?
Please let me know.
Here we go!

竹の杖　川村利行

たけのこが
たけのつえに
なりました
びっくりしました

A BAMBOO STICK

A bamboo shoot
Has become
A bamboo stick.
I'm surprised.

本書を手にされた皆様へ

仲野　猛

1　粘土板にかかれた美しい言葉

全寮制の福祉施設野村学園の開園は昭和41年（1966年）4月、今年で創立50周年を迎えました。

私は大学を卒業してすぐ、開園直後の野村学園に奉職し、2002年の退職まで福祉施設職員一筋でしたが、退職後も学園との関係は途絶えることなく、「野村学園詩作会」に席をおき、詩教育の指導に当たってきました。

学園開設直後の数年間は、山歩き、マラソン、柔道、粘土遊び、劇遊びなどを子どもたちと一緒にする中で、子どもたちがときどき発する、子どもたちの〈美しい心・美しい言葉〉をメモし続けてきました。「口述詩」の傾聴支援をしながら、子どもにとって「詩」とは何かを探る日々でした。

野村学園は豊かな自然に囲まれており、自然体験から多くの詩が生まれてきました。

「せんせい、／はな　はな／さんぽのとき　とった」（宇都宮久男、当時8歳。以下同）

「山のずうっとてっぺんまで　いく／きもちええぞ」（木村一徳、15歳）

「『よいしょ』ゆうて　のぼったり／すべったり／ころんだり／やっと　あがれた／天まで」（菊地敏夫、9歳）

私は、子どもたちの生きた言葉を書き留める一方で、自作詩の中で彼らの言葉（口述詩）を紹介する形で実践記録を発表し、一生懸命生きている子どもたちの姿を社会に知らせたいと考えてきました。

「いかなる子どももその心の奥底に伸びてゆく美しい芽をもっている」（しいのみ学園長の曻地三郎先生の言葉）が目指す教育信条となり、詩集のタイトルにもなりました。子どもとの合作のような詩集でした。

当時、高校の国語教師でもあった詩人坂村真民先生から「この天使のような子供たちのよい友だちになって（先生にならないよう）ください」という、感想の手紙をもらいました。この言葉は今も詩教育の大事な心構えの一つとなっています。

「劇の練習の真っ最中／わたしの注意などうけつけないで／騒ぎまわる子どもらにたまりかね／どなってしまった私だった／そんな時、一人の少女がいった／『先生は、／学校の先生になったみたいにおこる。』／そうか、そうだったのか／わたしは内心嬉しくなりながら／子どもたちをみつめなおした／『さあ、練習を続けるぞ！』」（仲野猛「セラピスト」）

子どもの詩に学ぶ、『師弟同行の詩教育』の出発でした。

当時、知的障害をもつ子どもたちには、「記述詩」作りは無理という「社会通念」があり、私もそれに毒されていました。いかにして彼ら彼女らに表現力の基本となる読み書きの力をつけるかが教育的課題になっていました。指導者の願いはいつか子どもたちの願いになっていました。

学園開園から4年後のある日、水尾宏和くん（11歳）が、粘土遊びの最中に、よく練られた柔らかい粘土の板に針金で、どうしたはずみか、

「うつくしい　れんげが／たんぼに／さいています」

「せんせい、／きれいな　はなを／とってあげろうか」

という言葉をかいたのです。表情、仕

草、片言などによる「声音詩」や、「口述詩」に続く「記述詩」の誕生でした。子どもたちが未熟な私の師になってくれた瞬間でした。「粘土を使って詩を作る教育」の始まりでした。

粘土板にかかれた詩や絵は、窯に入れて薪で焼き「陶板詩」になりました。町内の文化展などで販売された陶板詩もまた素晴らしい出来映えでした。

高温の窯から出されたばかりの陶板は、外界の空気に触れて急冷するため表面にひび割れが生じ、このとき一瞬に神秘的な音を出します。木村孝夫くんは「かまだし」の感動を忘れないうちに詩にしています。

「かまから／あつい　ねんどを　だしたら／じりじりと　いっています／あついので／じりじりと　いっています／じりじりと　いっています」（木村孝夫、16歳「かまだし」）

2　つぎつぎと生まれたどろんこのうた

粘土板にかいた詩をほめられることによって自信を得た水尾くんは、つぎつぎと詩をかくようになり、1年後には、自身の手がきの詩と絵による個人詩集『水尾宏和作品集』（口述詩8編、記述詩19編収録）をまとめるまでになりました。

幼児期に亡くした最愛の祖父をうたった詩「ぼくがしんだら／おじいさんと　おなじおはかに／うめてね」に添えた鉛筆画は、戦前から障害児教育に取り組み、画家でもあった田村一二（いちじ）先生に激賞されました。無心・無邪気の力は「詩」だけでなく文字や絵にもひそんでいることに気づかされました。詩・文字・絵三位一体の表現世界の発見でした。

水尾くんの作品集に刺激を受けた子どもたちは、いつとはなしに粘土板に詩や絵をかくようになり、「どろんこのうた」という言葉はこのとき生まれました。小集団活動による「どろんこのうた　詩表現教育」の誕生でした。『水尾宏和作品集』に続き、『楠繁雄作品集』『木村孝夫作品集』が生まれました。

彼らもピタッとくる動機づけには立派に反応します。粘土という良き教材と戯れながら詩作活動の模倣体得学習の輪がいっきに広がり、『兵頭明作品集』が生まれました。

これらの詩集は、旧式のコピー機で紙を1枚1枚プリントし、袋とじにしてホッチキスで留めた、Ｂ６判の手作り詩集でした。活字になった詩や絵はすぐに本人に渡しました。手間暇かかる手作業も、彼らの詩による社会参加の喜びを思うと苦になりませんでした。

詩集は学園関係者のみならず有名詩人らにも送り、多くの人に読まれ、県内外で大きな反響を呼びました。新聞、テレビなどで広く報道されました。詩という自己表現によって社会参加が実現するという世界が開かれていったのです。

やがて子どもたちは、粘土板詩をかく一方で、ノートに鉛筆で詩をかくようになり、詩作帳を持ち歩き、寮生活や自然の中での感動体験をすぐに詩にしました。

１９７３年には、全員参加の合同詩集『どろんこ・第1集』（作者18名、44編収録）が作られます。全員参加の「詩の根源教育」のスタートでした。この後も続々と詩が生まれ、詩集『どろんこのうた』（１９８１年）、『続どろんこのうた』（１９９０年）として、合同出版から刊行されました。

詩人谷川俊太郎さんが、「生まれたてのことば、何も着ていない裸のことば、心と体の見わけのつかぬ深みから、泉のようにわいてきたことば、詩の源と、生の源とがひとつであるということを、教えられました。粘土に書くという着想も、すばらしい」と、本の帯文を寄せています。

朝日新聞の天声人語欄でも「子どもに詩を作らせながら自分自身を読みとらせ、読みとっていく子どもを、先生が読みとっている。管理でない教育がここにある」と賞賛されました。

『どろんこのうた』出版直後に、東京都府中第八小学校の新海功先生が指導・編集されたクラス全員による初読と指導後の感想文を収めた『どろんこのうた　読書感想文集』（1981年、自家版）は交流教育の始まりでした。

「『山は愛です／うぐいすが／恋人をさがして／仲よくとんでいくけん／愛です』（井上繁利さん）。なんという清らかな詩なのだろうか。なぜこんな詩がかけるのだろうか。きっと私たちにはわからない、何か大切なものを、この子たちは感じているのかもしれない。」（小6女子）。

1982年には、現在も「どろんこのうた」英訳担当者」である、詩人郡山直（なおし）先生の英訳による、和英対照詩集『新選対訳どろんこのうた』（北星堂）が出版されました。英訳詩「雲」（兵頭末雄、16歳）は、アメリカの小学校低学年の教科書にも採用され、井上繁利くん（16歳）の「山」は、英文毎日に掲載されて、多くの外国の人々にも読まれました。また、菊地敏夫くん（16歳）の「うぐいす」ほか14編の詩は1990年イラク文化情報省出版の『児童文化研究』という本にアラビア語訳で掲載され、アラブ世界でも読まれています。

詩集『どろんこのうた』に感動した、作曲家の池辺晋一郎先生は、180編の詩の中から22名31の詩を選んで6テーマ別に構成し、「子どものための合唱組曲　どろんこのうた」を作曲しました。愛媛大学付属小学校コーラス部などで広く歌われ、曲集となって出版されました（1983年、カワイ出版）。池辺先生は野村学園を初めて訪れた日、粘土室で子どもたちと一緒に粘土を練り、粘土板に針金で詩をかきました。その第一作は、「小さな偉大な詩人たち」でした。運動場で子どもたちと相撲をとって遊びました。

そして何よりも励まされたのは、子どもたちの親ごさんから詩集に寄せられた、共感的理解あふれる言葉でした。『どろんこのうた』を読んで夢のような気がした。どろんこのうたは天然の味がする……。

このような手作り詩集は２００２年までに、個人詩集31名、１１５冊、毎学期編集の合同詩集「どろんこ」は84冊作られました。詩をかき、詩集を作り社会参加することが子どもたちのたしかな生きがいになりました。

3　版画詩の誕生

半紙に鉛筆で詩や絵をかき、彫刻刀で板に彫る「版画詩教育」は、１９７５年頃からごく自然に始まりました。「教室で版画ほりをしている人は／詩が好きな人ですね／詩が好きな人は／版画もほるんですね／がんばって詩をかいて／版画にほりましょう」（宇都宮久男、22歳「版画ほり」）。

「版画詩」は、版画板（縦22センチ×横30センチ）に彫刻刀で詩（文字）と絵を彫り、これをインクで紙に刷ったものです。本書をご覧いただければおわかりのように、おおむね絵と詩は半々の構図になっています。これは、詩をかいたときには必ず、その詩に合った絵を余白に自由にかいてもらっていましたから、詩と絵が一体となったこの構図は、最初からごく自然に受け止められていたように思います。

「版画詩」の制作は、最初、指導者が子どもによってノートにかかれた言葉を、数行の「詩の形」にまとめて、版画板と同サイズの半紙右半面のマス目（９字×５行）

の隅に小さな字で書き入れます〈このとき詩の内容には手を加えないこと。口述詩の場合も同様〉。次に本人がこの文字を読んで鉛筆で筆写します。左半面には鉛筆で自由に詩の内容に合った絵をかきます。続けて半紙を裏返しにして版画板に重ね、彫刻刀を握る棒の頭で軽くこすって転写し（半紙をのりで板にはりつけてもよい）、反転した文字や絵を彫刻刀で彫っていきます。

文字も絵も本人が自由に彫っていきますが、詩作でも版画でも無心そのままに表現する力をもっています。

4 詩を作る・彫る・刷る

利根勝之くんは、詩作会の教室で、詩をかく柿本栄太郎くんについて観察し、思索し、感動しすぐに詩「柿本栄太郎君」をかいています。

「柿本栄太郎君は／頭のなかで／詩をうかべながら／詩をかんがえている／そうして詩ができたら／はんがにします／ぼくも栄太郎君みたいに／なりよります」（利根勝之、21歳「柿本栄太郎君」）

「ぼくも栄太郎君みたいになりよります」と、鋭く自他分析しています。この素晴らしい出来映えの版画詩も、利根くんの雑念なき集中力の証です。

一方、柿本栄太郎くんも、詩をかく自分の心の裡（うち）を一生懸命観察し、詩作中の自分の心の動きを活写しています。

「詩をかくのって／とても　つかれちゃいます。／いちいち詩をかんがえて／いい詩ばかりを／かいたりしなければならないから／とても　たいへんな／詩のべんきょうです。／詩はじぶんのこころにしかないから／いっしょうけんめい／詩をかんがえないと／なかなか詩はかけぬくいものなのです。」（柿本栄太郎、19歳「詩のべんきょう」）

このように一生懸命、詩作に取り組み、

版画詩を彫る二人の姿は神々しくさえあります。詩をかき、版画を彫ることによって表現の喜びや達成感を感得し、体・心・技・知の力が磨かれます。

集中して版画詩作りに励む彼らの姿から、「詩（声音詩、口述詩、記述詩）＝言葉＝心＝人間」「彼ら＝一生懸命＝無心無邪気＝詩」という詩の定義が生まれました。

私は、子どもたちが良い詩をかける理由を7つ考えています。

①感動する豊かな心、豊かな感性をもっている。
②「無心の強さ」をもっている。
③感動体験に直結した生きた言葉を使う。
④感動体験をすぐにかく習慣を身につけている。
⑤詩表現を促す感動や変化のある生活場面がある。
⑥詩作りを絶えず励ます指導者や友達の存在がある。切磋琢磨する。
⑦詩をかいたらすぐに活字にして本人に返す。詩集にする。

詩教育の方法でもある「詩教育12の原理」は、「子どもたちが良い詩をかく理由」と重なります。

①小集団で活動し成長する
②詩に興味関心をもつ
③詩作は体験学習で
④良い詩を書いたときには必ず賞賛を
⑤集中力を養う
⑥師弟共在の「めだかの学校の理想」で
⑦詩作は言語表現遊びとして許容的に
⑧体験を重ねて自信をつける
⑨学習課題に変化をつける
⑩行動を観察し、予見する
⑪詩の勉強を続ける、大事なことは続ける
⑫最終目標として詩作における自立をなさしめる（参照『小さな偉大な詩人たち』仲野猛、合同出版、１９９６年）

教育の方法は子どもが教えてくれます。詩作りの師は、子どもであり、彼らが良い詩をかく条件は、私たちが「良い詩をかく秘訣」に直結しています。

「ぼくの　あたまに／しを　いっぱいためて／しを　かかないと／いいしは　できないのだよ」（大本末広、21歳「しをいっぱいためて」）

「ゆっくり　ほらんといけん／ゆっくりゆっくり／かめみたいに　ゆっくり」（大本末広、21歳「版画彫り」）

大本末広くんは詩作や版画彫りの心構えを感ずるままに詩にしています。

彼らが、「頭に詩をいっぱいためて」良い詩をかき、黙々と真剣に文字と絵を彫る作業は集中力の塊そのもの。彫刻刀による怪我をよせつけません。版画を彫る作業によって手指の巧緻性が高まり、集中力が養われます。版画の制作は何よりも写経のように「詩」そのものを体で覚えることになり、詩作力（感性、観察力、思索力、作文力など）が身につきます。

版画詩の「刷り」は高度の技術を要するので、「刷り師」の版画詩を刷る作業は指導者が行っています。子どもたちは自作の版画詩が指導者の手で刷られるのを時々見学し、刷られた版画を受け取り乾燥させる作業を受け持ちます。力を注いだ作品が版画詩になる感動の一瞬は、次の創作への強い動機づけになります。

5　版画詩カレンダー・原画展覧会が開いた社会参加

版画詩制作の大きな目標の一つに、毎年のカレンダー作りがあります。版画は印刷されてカレンダーや絵はがきになり、多くの人の手に渡ります。「詩と絵を薄い紙にかき、板にはり、彫刻刀で彫る。刷ればみごとな版画だ。集中力を要する、この作業に、それぞれが挑む。版画のカレンダーがすばらしい。（略）人間にとり大切なものは何か、と考えさせる」と、朝日新聞天声人語欄は書いています（1990年12月24日）。また、原画は額装されて作品展などで公開展示されます。会場でも、カレンダーや版画詩の原画を販売します。

版画詩カレンダー、作品展などによる社会参加は、子どもたちが「いくらかの自信、いくらかの誇り、いくらかの幸福感」（小学校特殊学級担任の近藤益雄先生の言葉）をもつことにつながります。社会の人々の共感を呼ぶ版画詩は、皆の願いである共生社会実現への一歩となります。

障がいが社会的不利となっている彼らにとって望ましい作業条件として

①納期にしばられないもの
②作って楽しいもの
③最終製品まで一貫作業ができるもの
④創意工夫がこらせるもの
⑤付加価値が高いもの

などが考えられますが（参照『障害者は、いま』大野智也、岩波新書、1988年）、版画詩カレンダー制作はこれらの諸条件を満たした上に、目標とする独立した美術作品としての質を兼ね備えています。努力の賜物であるこれこそが本人の真の自己実現です。

1976年に作られた手刷り6枚の「野村学園創立10年記念カレンダー」（画用紙使用）が最初ですが、以後、手刷りカレンダーが6点作られ、1982年より企業の協賛による印刷されたカレンダーが35点作られています。これまで40年間、カレンダーは毎年作り続けられています。

版画詩カレンダーの制作と合わせて、毎年の原画作品展がありますが、子どもたちにとっても、日々彼らの詩に学ぶ学園の職員にとっても、社会参加の大きな喜びを実感するイベントとなっています。版画詩が多くの人の目にふれ、「名作になるかならないかは後のお楽しみ」(詩人の吉野弘さんの言葉)で、個性溢れる彼らの作品に触れ人間にとって大切なことを教えられる機会になっています。

故伊東貞利さん(当時88歳、農業)は、地方紙の投稿欄に版画詩との出合いを書かれています。伊東さんは高等小学校を卒業後、町工場で働いたときの騒音で耳を患い、補聴器を使ってもよく声が聞き取れない状態になり、人との会話で時には差別されるようで卑屈になるが、そんなとき、井関直くん(21歳)の版画詩「にんげん/にんげん/じぶん　にんげん/にんげん/じぶん　にんげん」に感動し、「障害者も健常者も同じ人間、神様などいない、障害者と健康な人が共に暮らす社会が正常と思うようになりました」と、書かれています。

「さくひんてんのかいじょうで/よその人が/ぼくのはんがをみて/かんどうして/この手がほったんか/といって/あくしゅをしてくれました/ぼくは　とってもうれしかったです」(菊地敏夫、20歳「作品展の会場で」)

6　生涯学習としての版画詩教育

卒園した彼らの先輩たちによる「版画詩」表現活動が引き継がれて現在に至っています。

学齢期を過ぎても就職などの社会参加がむずかしく、野村学園で寮生活を送る彼らは、仕事や作業に励むかたわら、成人になっても、詩の創作活動を楽しんでいます。詩作会のときだけでなく、余暇時間にも詩作や版画彫りに自発的に取り組んでいる姿を見ると、詩の勉強は彼らの個性や興味とピッタリ合った「生涯学習」になっていることに気づかされます。

いつまでも少年の心を失わず、詩の勉強を通して思索力、観察力、詩表現力、彫刻力を磨いています。詩作会の成果である版画詩カレンダーを作り、版画詩作品展を開いています。

彼らのゆるぎない成長発達の証である作品に、糸賀一雄先生（近江学園長）の言葉が重なります。「人間の精神発達には、縦軸と横軸の二面が考えられる。年月を重ねて上へ伸びていく縦軸の発達に限りはあっても、横軸の発達は限りなく続く。彼らは縦軸の発達が遅れているぶん、横軸の各発達段階は一層の充実を遂げる。」（参照『特殊教育事典』第一法規、１９６８年）

少年期の彼らによってかかれた昔のエネルギー溢れる力強い詩と、年齢を重ねる日々の生涯学習で、「横軸の発達」を充実させている彼らの最近の詩を読み比べています。そこには、年齢にふさわしい発達の姿があります。

詩作や版画彫りを生涯の楽しみとして続け、充実した人生を目指してほしいと願っています。私もまた、いつの間にか彼らと共に歩む「詩表現教育」が生涯学習になっています。心の勉強に終わりなしを実感する日々です。

これまでの詩集には、絵がさし絵のような形で小さく掲載されていました。本来の版画詩の姿での刊行という構想がひらめき、合同出版上野良治社長のすすめもあり、版画詩の作品集の刊行という長年の夢が実現しました。

詩の英訳にご尽力をいただいている郡山直先生は、「野村学園の園児たちよ／どろんこのうたを歌い続けよ／どろんこのうたを粘土に、版画に、彫り続けよ／どろんこのうたよ／世界中に響け」と呼びかけています。

半世紀にわたる野村学園の詩表現教育にご理解とご協力をお寄せ頂いた方々への感謝の気持ちとともに、本書を多くの読者へとお渡しできることは望外の喜びです。

２０１６年12月

収録作品一覧

あしたかんがえる　井上繁利（20歳） 76
菊地くんの詩　井上繁利（21歳） 78
いい詩が　井上繁利（24歳） 80
青空　松本敬真（13歳） 82
詩　松本敬真（16歳） 84
つらら　東茂（16歳） 86
はえ　東茂（15歳） 88
おやつ　三好義明（13歳） 90
マラソン　三好義明（14歳） 92
花に水をやる　三好義明（16歳） 94
詩の朗読　三好義明（17歳） 96
うぐいす　大本末広（21歳） 98
まさしくん　大本末広（18歳） 100
詩をかく　大本末広（24歳） 102
詩の社長　大本末広（17歳） 104
詩　大本末広（16歳） 106
風のふく山　大本末広（20歳） 108
詩　大本末広（20歳） 110
がまん　大本末広（25歳） 112
もも　大本末広（17歳） 114
山頂で　菊地敏夫（9歳） 116
ぼくの楽しみ　菊地敏夫（20歳） 118
にんげん　井関直（21歳） 120
なんでも詩になる　井関直（29歳） 122
詩をかく　山本昌史（15歳） 124
おもいで　山本昌史（15歳） 126
かげ　住田昭敏（16歳） 128
雲　兵頭末雄（16歳） 130
おに　兵頭末雄（15歳） 132
とけい　岡本静次（19歳） 134
自転車　岡本静次（20歳） 136
野村の山　岡本静次（31歳） 138
土ごしらえ　横山久美（15歳） 140
ながいかくれんぼ　二宮早百合（14歳） 142
手紙　二宮早百合（19歳） 144
かあちゃん
詩 片岡英吉（6歳）／版画 二宮早百合（22歳） 146
あくびの詩　二宮早百合（23歳） 148
愛　二宮早百合（22歳） 150
詩をかく　丸田智枝美（16歳） 152
風　丸田智枝美（25歳） 154
マラソン　丸田智枝美（17歳） 156

カラオケ　丸田智枝美（20歳）　158
なかがわせんせい　柿本栄太郎（19歳）　160
おとうさんおかあさん　柿本栄太郎（18歳）　162
詩のべんきょう　柿本栄太郎（19歳）　164
ぼくのがんばるひみつ　柿本栄太郎（19歳）　166
おじさん　柿本栄太郎（20歳）　168
そら　柿本栄太郎（20歳）　170
あせ　柿本栄太郎（20歳）　172
はな　柿本栄太郎（19歳）　174
24時間　利根勝之（20歳）　176
ねこ
種田山頭火の詩／版画 利根勝之（21歳）　178
時間　利根勝之（20歳）　180
柿本栄太郎君　利根勝之（21歳）　182
中川君　利根勝之（19歳）　184
二宮真紀先生　利根勝之（19歳）　186
うぐいす　佐藤信一（18歳）　188
かぜ　佐藤信一（18歳）　190
きぶんてんかん　佐藤信一（19歳）　192
白鳥　堀川美鈴（22歳）　194
うぐいす　小笠原 清（17歳）　196
かみさま　兵頭房江（14歳）　198

版画詩

＊1998年以降発表の作品

花が人間に　児島博克　200
花　西村美代　200
詩の本　西村まゆみ　201
いっしょにいたい　尾崎則夫　201
詩できたよ　松川光　202
あいさつ　岩本明美　202
てんとうむし　滝本学　203
あくび　福田健司　203
はんがほり　林 幸子　204
もみじ　岩崎 愛　204
まねきねこ　谷口潤一郎　205
みんみんぜみ　金子晃　205
赤とんぼ　田中伸幸　206
さつき　稲垣美津恵　206
ぬいぐるみのくまちゃん　浜田好美　207
竹の杖　川村利行　207

【編者】

仲野 猛（なかの・たけし）

1942年愛媛県松山市に生まれる。1964年法政大学文学部卒業。1966年野村学園開園と同時に施設職員として勤務。詩教育に力を入れ、版画詩による自己表現で障がいのある子の社会参加を支援する。1998年度より野村学園園長。2001年に退任後は「野村学園詩作会」で指導に当たる。2005年より特定非営利活動法人・福祉親愛会マミー学園非常勤講師。障がい児童デイサービスで、詩・柔道療育に取り組む。毎年度末、『柔道詩集　先生とあそぶ』編集。

愛媛出版文化賞（1998年）、愛媛新聞賞（2003年）受賞。

勲五等瑞宝章受章（2002年）。

主な著作

『どろんこのうた―表現する子どもたち』（1981年）『続どろんこのうた―美しい心美しい詩』（1990年）『小さな偉大な詩人たち―「どろんこのうた」による詩論』（1998年）『どろんこのうた交流記―福祉に携わる人たちへ贈る言葉』（2002年　以上合同出版）、『新選対訳どろんこのうた』（1982年、共著　北星堂）。

【版画詩制作】

野村学園の子どもたち

野村学園は、愛媛県西予市野村町の、まだ自然を多く残した山あいの地にある障がい者支援施設。約80名が寮生活を送りながら、運動、学習、作業などに励み、版画詩による自己表現で社会参加を目指している。

【訳者】

郡山 直（こおりやま・なおし）　Translator: Naoshi Koriyama

1926年鹿児島県奄美群島の喜界島に生まれる。1947年に鹿児島師範学校、1949年に沖縄外語、1954年にニューヨーク州立アルバニー大学を卒業。米国留学中1952年ころから英詩を書き始め現在に至る。1961年から1997年まで東洋大学教授、現在、同大学名誉教授。「今昔物語」英訳を出版（タトル出版、2015年）。自作英詩数編は米国、カナダ、オーストラリア、南アフリカの小、中、高校の教科書に収録されて好評。

版画詩 どろんこのうた
生まれたてのことば

発行日　2016年12月26日　第1刷発行

編者　仲野 猛
発行者　上野 良治
発行所　合同出版株式会社
〒101-0051
東京都千代田区神田神保町1-44
電話　03(3294)3506
FAX　03(3294)3509
振替　00180-9-65422
ホームページ　http://www.godo-shuppan.co.jp/

印刷・製本　株式会社シナノ

■刊行図書リストを無料送呈いたします。
■落丁乱丁の際はお取り換えいたします。

ISBN978-4-7726-1297-5　NDC911　170×148

Prints of Poems and Images
Poems by Children Working with Clay
Words Just Born

Editor Takeshi Nakano
Producer Children of Nomura Gakuen
Translator Naoshi Koriyama
Published by GODO SHUPPAN Co. Ltd. Tokyo, 2016
Printed in Japan